UN AMOUR DE JEUNESSE

UN AMOUR DE JEUNESSE

L'histoire de Maxence et Margot

Margot Malmaison
Avec la collaboration de Noémie Hais

© Éditions Michel Lafon, 2015
118 avenue Achille-Peretti – CS 70024
92521 Neuilly Cedex

À tous ceux qui ont vécu une histoire d'amour
comme la mienne et qui se sont battus jusqu'au bout,

« Je veux que tu me promettes une chose :
Si tu aimes quelqu'un, dis-lui. Même si tu as peur que ce ne soit
pas une bonne chose. Même si tu as peur que ça te cause
des problèmes. Même si tu as peur que ça te détruise la vie,
tu le dis et tu le dis fort. »

Grey's Anatomy

Si je l'avais fait plus tôt, tout aurait été différent...
Salut à tous, je m'appelle Margot Malmaison, j'ai 17 ans et il y a quelques années, j'ai fait une rencontre qui a marqué le cours de ma vie...

Certains ont peut-être déjà croisé mon nom ou mon histoire sur Facebook. J'ai commencé à  écrire des chroniques sur Internet et, un an après, grâce aux lecteurs toujours plus nombreux, j'ai décidé de me confier dans ce livre. MON livre !

Certaines choses vous paraîtront un peu tirées par les cheveux, voire improbables, pourtant tout ce que vous lisez ici est notre histoire telle qu'elle s'est déroulée. Seuls les noms des personnes mentionnées ont été modifiés.

Je vous laisse découvrir tout ça, bonne lecture mes amours.

9

Toutes les histoires ont un début, voici comment a commencé la nôtre...

Remontons le temps cinq ans auparavant. Je suis en 5ᵉ au collège Michelet de Bihorel en Seine-Maritime. À la sortie des cours, je le vois, là, entouré de ses parents. De taille moyenne, blond aux yeux bleus, une boucle d'oreille de chaque côté, il a un petit air timide. C'est un nouveau, j'en suis sûre, je suis super physionomiste. Ma sœur hallucine tout le temps, elle qui ne se souvient jamais de personne...

Je suis plutôt réservée mais je m'approche d'eux. Pas pour regarder de plus près ce « nouveau », quoique... ☺
Non, à droite de lui se tient son père Andrew. Je le connais bien, c'est mon entraîneur de tennis depuis quatre ans. C'est étrange mais en le voyant toujours en jogging, baskets, je ne l'imaginais pas avoir une vie hors du club. Du coup, je suis choquée de savoir qu'il a un fils ! Je les dévisage l'un après l'autre sans trouver la moindre ressemblance physique. On dirait pourtant bien que c'est son fils... Par contre, c'est le portrait craché de sa mère. Trop hâte de connaître « le nouveau » car son père est très marrant, je l'adore !

De retour chez moi, ma mère me dit : « *Tu sais qu'on a des nouveaux voisins ? La maison des Duboc vient d'être rachetée par ton prof de tennis et sa famille. Il ne sera pas loin de son travail !* » Décidément, ils sont partout ! Pas de doute, je ne serai pas sans croiser de nouveau leur chemin. Et d'ailleurs...

> « Nous ne faisons pas de nouvelles rencontres par accident, elles sont destinées à croiser notre chemin pour une raison. »
> *LesBeauxProverbes.com*

Et d'ailleurs, ça arrive plus tôt que prévu ! Dès le lendemain matin, je me dirige vers le bus, je tombe de nouveau sur ce gars. Il y a beaucoup de monde à l'arrêt. Il se tient un peu à l'écart, ne connaissant personne. Le bus arrive et comme tous les matins il est presque vide. Je m'assois au fond, près de la fenêtre, les yeux dans le vide avec mes écouteurs sur les oreilles. Je guette l'entrée car ma copine n'est toujours pas arrivée. « Le nouveau » monte, des « Air max » noires et dorées aux pieds, son sac à dos « Puma » vissé en haut du dos. Il ne doit pas faire beaucoup attention à sa façon de s'habiller, ses chaussures ne sont même pas lacées et ses yeux sont encore bouffis de sommeil. Il avance, avance et... s'assoit à côté de moi. *Qu'est-ce qui lui prend ??* Il y a plein de places libres partout ! Je me sens un peu gênée. Bon, il veut sûrement connaître du monde, ce n'est pas évident de débarquer. Il me fait des sourires, je crois que je commence à rougir. Oh non, la honte, pas ça, s'il vous plaît, pas ça ! Je n'ose pas trop lui parler. J'ai surtout hâte d'être arrivée. Ça y est ! Direct je sors en courant pour prévenir tout le monde : « Il y a un nouveau ! »

Je retrouve Camille, ma meilleure amie. On est copines depuis la maternelle, on a tout partagé, on se connaît par cœur. Avec Camille je me sens tout de suite plus forte, c'est comme si toute ma timidité disparaissait, on a tous une copine avec qui on peut tout faire. Pour me rendre intéressante, je lui lance : *« Viens on va voir le nouveau ? »* Je ne l'aurais jamais abordé toute seule, mais bon, c'est une bonne chose de me présenter vu qu'on est dans le même collège et en plus voisins !

Il est assis tout seul sur le banc près du foyer. On parle un peu, je pense qu'il est content qu'on vienne. On n'a pas eu beaucoup de temps, la fin de la récréation vient déjà de sonner, mais il a l'air cool. Le directeur convoque tous les 5ᵉˢ pour nous demander d'accueillir au mieux *« LE NOUVEAU »*. Ah oui, au fait, le nouveau il s'appelle *Maxence* !

Il est dans la classe de Camille. J'ai hâte d'être à ce midi pour qu'elle me dise comment il est et tous les potins ! En attendant j'ai deux heures d'histoire-géo, techno et maths, **PFFFFF,** ça va être long, pourvu que je ne m'endorme pas…

« Ne jamais croire aux belles paroles, ça peut faire mal. »

De moi

L'heure du midi arrive... Camille revient toute fofolle : « Il faut que j'te dise un truc ! », elle a du mal à parler tellement elle est excitée. Finalement, elle m'explique avec le gros smile : *« Il a dit que j'étais belle ! »* Je suis morte de rire et aussi trop contente pour elle. En général, mes potes la critiquent  toujours parce qu'elle est toute grande et maigre. Ni l'une ni l'autre n'avons encore eu de petit copain mais on parle de plus en plus des garçons. Je la taquine un peu avec Max, ça serait marrant qu'ils sortent ensemble. Camille pense plaire à Maxence **et...**

CAMILLE

MAXENCE

Et malheureusement... Elle se trompe carrément... Au collège, il y a cette fameuse **LAURE.** Laure, c'est le genre de fille qui enchaîne les mecs, un nouveau toutes les semaines. On a tous déjà connu des filles comme ça, non ? Elle a redoublé et croit, avec son année en plus, pouvoir jouer à la grande. Comme les trois quarts des gens de mon collège, je ne l'apprécie pas beaucoup. Même pas du tout en fait ! Difficile de nous entendre puisqu'on est les deux opposées. Moi, je suis plutôt garçon manqué, j'ai beaucoup d'affinités avec les mecs. Je ne suis pas intéressée par toutes ces amourettes qu'ont les filles de mon âge. Et puis mes sœurs me surveillent et me font la leçon. Elles me trouvent trop jeune pour être avec quelqu'un. Elles n'ont pas d'inquiétude à se faire, je ne vois pas avec qui je pourrais être...

Bref, Maxence est sorti avec **LAURE.** Camille était trop déçue mais moi ça ne m'a pas beaucoup étonnée, je vois bien que c'est le genre dragueur. Leur histoire n'a pas duré. Trois jours plus tard ils n'étaient plus ensemble. Et ça j'en étais bien contente !

#TeamPeste

> « Plusieurs personnes entrent et sortent de nos vies,
> seuls les vrais amis laissent une empreinte sur notre cœur. »
> *www.dicocitations.com*

Après une petite semaine, Max s'est bien intégré à notre collège. Il connaît déjà plein de monde. Il fait la bise à des tas de gens et il commence **Á SE LA RACONTER !** Vu qu'il est nouveau, tout le monde lui court après. C'est un peu la coqueluche, **LA** personne à qui il faut parler. Je vois bien qu'il en profite et joue au joli cœur. **CA M'ÉNERVE !!!** Il essaie de m'adresser la parole mais je reste sur mes gardes. Je n'apprécie pas trop son comportement avec les autres. Mais j'avoue, j'aime bien discuter avec lui, le courant passe bien. Il est marrant !

Le soir, après les cours, on est un groupe d'une petite dizaine, principalement des gars, à se donner rendez-vous au stade. Très vite on s'est dit : *« Allons chercher le nouveau ! »* C'est comme ça qu'on a pris l'habitude de traîner ensemble.

Je connais Maxence depuis un mois seulement. Souvent le soir, on parle sur Facebook et puis on se dit bonjour mais je ne peux pas dire qu'on soit très proches. Je crois qu'il aimerait bien qu'on se parle plus mais quelque chose me rend méfiante... c'est bizarre parce que pourtant je le trouve vraiment cool.

Hier, on s'est échangé nos numéros de téléphone, depuis il n'arrête pas de m'envoyer des messages.

T'es belle

<3 <3 <3

À chaque fois, je suis toute contente. C'est toujours sympa quand quelqu'un s'intéresse à toi et te fait des compliments ! Mais bon, je sais que c'est un mec à meufs ! J'aimerais bien savoir où il veut en venir...

On se rapproche de plus en plus. Le matin, il me rejoint au fond du bus, le midi, à la cantine, on mange ensemble avec Saïd et Camille et le soir, il insiste pour qu'on se voie, rien que tous les deux. Mais en général je ne sors jamais sans Camille.

Je vois dans son attitude qu'il s'attache beaucoup à moi mais je ne suis pas intéressée ! Par exemple, il me demande toujours pour qu'on parte ensemble au tennis qui est à deux pas de chez lui ! Souvent, l'été, on joue sur des terrains côte à côte dehors, il me regarde tout le temps et du coup, je rate toutes les balles ! 😂

J'aime passer du temps avec lui mais je pense que c'est un gars comme les autres qui drague toutes les filles. Il sort avec quelqu'un puis, il la largue, etc. Il parle toujours avec plein de filles sur MSN et par textos.

Tout le temps il me fait des compliments et tente de me faire des câlins. Moi je le repousse.

Bref, je n'aime pas son comportement avec les filles. Il les prend trop pour des jouets comme la plupart des mecs. Mais un jour j'ai reçu un *message...*

NOTRE PREMIÈRE PHOTO

> « Les amis c'est comme les lunettes, ça donne l'air intelligent mais ça se raye facilement et puis ça fatigue, heureusement des fois on tombe sur des lunettes vraiment cool, moi j'ai So~~phie~~ Maxence. »
>
> *Jeux d'enfant*

Ce message disait que Maxence était un mec bien. Qu'il fallait que je sorte avec. Je ne connaissais pas le numéro affiché. Je ne sais toujours pas qui m'a envoyé ce SMS. Je suppose que ça vient de Lenny, le meilleur ami de Max.

Je ne pense pas que ce soit grâce à ce message mais en tout cas, depuis, notre amitié prend de plus en plus d'importance.

On devient très proches, je le repousse de moins en moins quand il veut me prendre dans ses bras. Nous parlons pendant des heures de ses « bails ». *(C'est-à-dire ses meufs, sur le coup, je ne savais pas ce que ça voulait dire mais je faisais style de comprendre. Avec Camille on a regardé sur internet, mais aucune réponse, alors Camille a demandé à Max la signification ; j'étais jeune 😜.)* De mon côté, je lui parle des magasins, des sacs... je n'ai pas grand-chose à raconter et souvent nos sujets de conversation tournent autour de lui. Dans mon répertoire, à côté de son prénom j'ai rajouté un petit cœur <3. C'est devenu un ami proche, mon meilleur ami. Je lui dis tout, et inversement.

Tous les soirs, après les cours, on s'envoie des messages et très souvent on se rejoint. Il m'écrit :

> Viens dans 10 min au parc <3

Vite je rectifie ma tenue, un coup de brosse, de parfum et je cours le rejoindre. J'aime me faire belle pour me sentir bien et lui plaire. Je ne souhaite pas être sa petite amie mais j'aime bien qu'il me trouve belle. Dans mon journal intime, où j'écris une fois tous les dix ans, j'ai marqué « *Max* 🧡 », ce n'est pas grand-chose mais c'est *TOUT*, c'est juste *LUI* ! C'est comme un grand frère qui est toujours là pour moi, qui me protège. J'aime quand il me serre fort dans ses bras, je m'y sens en sécurité. Son avis est très important et petit à petit je commence à me confier de plus en plus à lui. On se dit tout. Au collège, c'est la personne en qui j'ai le plus confiance. Il ne me juge pas. J'ai vraiment l'impression qu'*il m'aime telle que je suis*. Je ne peux plus me passer de notre relation et je me méfie de toutes les filles avec qui il sort.

Je suis au courant de toutes les copines de Max, on en parle mais au fond ça me **DÉGOÛTE** qu'il ait toujours autant de filles autour de lui. Des fois, il me montre des photos d'elles, sincèrement elles sont toutes trop moches, et je ne dis pas ça parce que je suis *jalouse* !

Je regarde souvent ses photos, statuts, etc., sur Facebook, et je vois toujours des noms de filles que je ne connais pas. Pourtant Rouen ce n'est pas immense, tout le monde se connaît.

Un jour, je me connecte et là, *je remarque...*

> « **Les apparences sont trompeuses.** »
>
> *Proverbe*

Je remarque qu'il est marqué en couple. Tout de suite je clique sur le profil de sa **« COPINE »** et regarde la tête qu'elle a :
À peine 13 ans, un piercing, les cheveux teints en blond décoloré, elle ne peut pas faire plus vulgaire pour son âge ! 😱 Elle s'appelle Amélie, elle n'est pas au collège, je ne la connais pas mais sa tête ne me revient pas. Elle fait allumeuse !!! Et de ce que Max me raconte, je ne me suis pas trompée...
En rentrant des cours, dans le bus j'entends Max qui parle de sa **« MEUF »** à ses potes. Il leur montre une photo et il y en a un qui dit : *« Ah ouais elle est bonne !! »*
Je n'ai pas pu m'empêcher de lui dire mon avis. Bon, pour dire la vérité, je me suis un peu enflammée et j'ai traité sa copine. Je suis comme ça un peu trop franche et j'ai du mal à me taire parfois... 🙊

Quelque temps plus tard, par l'intermédiaire de copains en commun, j'ai rencontré Amélie et au final elle est plutôt gentille. Comme quoi *les apparences sont trompeuses*. Je dois avouer que j'étais un peu jalouse... Enfin, surtout possessive... Max est mon meilleur ami et je n'ai pas envie que notre relation change à cause d'une autre fille. J'ai peur qu'il m'oublie, qu'il n'ait plus de temps pour moi et qu'il arrête de me faire des compliments et des câlins. Il n'est resté qu'une dizaine de jours avec Amélie. Je savais très bien que leur histoire ne marcherait pas, je l'avais prévenu. Il s'en fichait, il n'était pas attaché à elle mais je lui ai fait remarquer qu'une fois encore j'avais raison !

Il enchaîne les histoires de cœur courtes et sans importance.

De mon côté, *je m'attache de plus en plus à lui...*

> « Tu t'es fait un plaisir de me trahir,
> je me ferai un plaisir de t'oublier. »
>
> *Source inconnue*

Un jour de novembre, je me promène avec ma copine Marion. C'est une amie d'enfance, on se connaît depuis 14 ans et on s'est toujours tout confié depuis toute petite. Ces derniers temps on se voit moins car on n'est pas au même collège, mais on se retrouve parfois pour sortir le week-end ou au tennis. Elle est entraînée par Karine, la sœur de Maxence (ah oui, je ne vous ai pas dit, sa sœur aussi est entraîneur). Évidemment je lui ai parlé de Max, du fait qu'on est meilleurs amis, qu'on est très proches et qu'il me fait beaucoup rire.

Pendant qu'on se baladait, on l'a croisé et on a donc passé l'après-midi tous les trois.

Le soir je me connecte sur Facebook et je vois que Max n'a que des statuts de *romantique*. Au début, j'y fais pas trop gaffe car il écrit souvent ce genre de phrases, mais je suis intriguée par le *« M »*, qui suit chaque statut. Qui peut bien être cette personne ? Il ne m'a parlé d'aucune fille dont le prénom commence comme ça. Est-ce que c'est pour moi *???*

J'essaie de lui demander plus d'infos mais il se ferme très vite, il n'a clairement pas envie de m'en parler. Ça me soûle qu'il me cache des choses mais bon, je n'insiste pas, je n'ai pas envie qu'on se dispute.

Je commence à bien l'aimer et j'espère qu'il n'a pas une nouvelle copine car en général, ça nous éloigne...

Pourtant, le lendemain, je vais au collège et je reçois un message de Maxime, un pote :

> Tavu Marion et Max sont ensemble

Je suis totalement **DÉGOÛTÉE** mais pour ne pas le montrer je fais genre je suis au courant. Je ne sais pas ce qui me fait le plus mal. Qu'ils soient ensemble alors que *JE* les ai présentés et qu'ils se connaissaient à peine ou bien que ni l'un ni l'autre ne m'en ait parlé. Je suis trop énervée contre eux, contre moi. Et surtout je suis déçue de voir qu'en réalité Maxence ne me dit pas tout comme je le croyais et de même pour Marion. Pourquoi me cachent-ils leur histoire ? Puisqu'ils ne m'en ont même pas parlé, je fais comme si je n'étais pas au courant et j'essaie de les éviter. Je ne vois Max qu'au collège et toujours en groupe. Lui, il continue à m'envoyer des messages du style :

> T'es à moi <3 <3 <3   etc.

Il ne doit pas savoir que je suis au courant. Bien fait pour Marion, elle n'avait qu'à pas commencer les histoires !

Une semaine plus tard, ils n'étaient plus ensemble et je revoyais Max comme tous les jours.

> « Chaque personne qu'on s'autorise à aimer,
> est quelqu'un qu'on prend le risque de perdre. »
>
> *Grey's Anatomy*

Max est de plus en plus proche, tant par les mots que par les gestes.

Il me serre dans ses bras, m'appelle sa petite femme, etc. Il a même tenté de m'embrasser. Il paraît qu'à notre âge l'amitié fille/garçon est difficile à tenir...

Je n'en sais rien, je ne sais pas si c'est de l'amour ou de l'amitié, tout ce que je sais c'est que j'adore passer tout mon temps avec lui !!! On se comprend au premier regard et on a créé un monde à nous. Personne ne comprend vraiment ce qui se passe entre nous. Mes copines me poussent à sortir avec lui. Elles voient notre complicité et se demandent pourquoi on n'est pas ensemble. Je ne cherche pas à savoir ce qu'il se passe entre nous. Notre relation me convient comme elle est.

Je me souviens d'un soir, il faisait déjà nuit quand il est venu me chercher chez moi. On s'est posés sur un banc et on a parlé pendant des heures et des heures. On n'a rien fait de spécial, mais la soirée a défilé à toute allure. Juste être à ses côtés, c'était le *paradis*, du bonheur à l'état pur !

En rentrant, j'ai reçu un SMS :

> J'ai kiffé cette soirée avec toi ma petite femme :-)

J'ai eu le sourire aux lèvres bien longtemps ! On a construit quelque chose d'extrêmement fort et je préfère notre relation à celle, superficielle, qu'il a avec ses petites copines. Pour rien au monde je ne voudrais leur ressembler. Nous deux, c'est plus profond. Pour la première fois de ma vie, j'ai trouvé une personne sur qui je peux compter. Ma seule crainte est de le perdre. Or, en effet, cette relation était amenée à évoluer...

« Cap ou pas cap de m'aimer ? »

Jeux d'enfant

À force d'entendre les gens parler, je me pose de plus en plus de questions.

Que ressent-il exactement pour moi ?

Est-ce que je dois sortir avec ?

Est-ce que je suis amoureuse ?

Pourquoi est-ce que je pense sans cesse à lui ?

Est-ce que notre relation peut durer ?

Est-ce que ?

Est-ce que ?

MA TÊTE VA EXPLOSER !!!

Alors que je repensais à ses compliments et à nos fous rires, je reçois un message de Maxence :

> Jai pas encore osé t'le dire mais jme suis trp attaché a toi

Je saute partout, je suis ultra contente et en même temps je suis un peu angoissée. Par messages, je lui explique que je suis aussi très attachée à lui mais qu'il y a trop de filles à ses pieds. Il me dit que toutes ces filles ne l'intéressent plus et qu'il *M'AIME !! Wahou !* Mon cœur fait des bonds, je me sens tout affolée. Heureusement que je ne suis pas en face de lui. J'aurais sûrement été pathétique, toute rouge ! Finalement, je lui réponds :

> C'est mignon mais j'veux pas gâcher notre amitié

> J'préfère qu'on reste amis et qu'on reste proches comme on est maintnant

Je crois qu'il est déçu, il ne comprend pas qu'à mon âge je ne veuille pas sortir avec un gars alors que toutes les filles le font. Toutes, sauf moi...

Peut-être que j'ai tort de le repousser, surtout que je suis de plus en plus persuadée d'avoir des sentiments pour lui mais je crains trop de le perdre. Je ne veux pas que notre complicité s'arrête ou se transforme en sortant ensemble. Je ne me sens pas capable de vivre sans ses blagues pas marrantes *(ahahah)*, ses câlins et ses bras qui me serrent fort. Et puis, je ne suis toujours pas sûre de lui à 100 %. Je n'arrive pas à savoir ce qu'il ressent vraiment pour moi. Est-ce qu'il ne jouera pas avec moi comme il joue avec toutes les autres filles, à se vanter auprès de ses potes de ses futures conquêtes, etc. ? Je l'ai trop entendu faire. En attendant, je préfère le garder comme ami...

> « Chaque baiser est un tremblement de terre. »
>
> *Lord Biron*

Un soir, vers 20 heures, j'entends frapper à la porte. C'est Max. Ravie, je sors et on va se poser, à notre habitude, sur un banc près du parc. On discute et on rigole jusqu'à ce que je me rende compte qu'il est déjà 1 heure du matin. J'ai intérêt de rentrer chez moi vite fait si je veux éviter une crise avec mes parents. Je me lève donc pour lui dire au revoir et là...

Et là, *WAHOUUUUUUUUUUUUUUU* !!!!!!!!!!

Sans même avoir le temps de me rendre compte de ce qui est en train de se passer, il m'a embrassée. Il me serre tendrement contre lui et me dit qu'il m'aime. Je plane ! J'ai l'impression de ne plus être moi-même. Je ne contrôle plus rien, tout se mélange dans ma tête. Ce trouble ne dure que quelques secondes car quand il se rapproche de nouveau pour m'embrasser, j'ai récupéré mes esprits et je le repousse doucement. Je suis tout excitée, extrêmement heureuse mais il y a un truc qui me bloque dans mes sentiments. Quoi ?? Je l'ignore. J'ai une confiance infinie en lui et pourtant je suis sans cesse sur mes gardes lorsqu'il tente d'être plus proche. Après ce bisou, j'étais toute gênée. Je ne savais plus comment partir alors j'ai lancé avec un petit sourire « bon bah au revoir » et je suis partie. J'imaginais son regard sur moi et c'est à peine si j'arrivais encore à marcher.

Je me trouve ridicule de l'avoir quitté sur ce « au revoir » après ce qui vient de se passer. Je repasse tous les événements de cette merveilleuse soirée et j'ai le sourire aux lèvres. *Je l'aime, je l'aime, je l'aime plus que tout !*

En rentrant, sur Facebook, je reçois un message :

Ma petite femme <3 <3 <3

Derrière mon PC, je suis trop contente. La vie est belle, je saute partout. On discute encore une bonne partie de la nuit sur le PC. L'écran est décoré de cœurs.

❤️❤️❤️❤️❤️❤️❤️❤️❤️❤️❤️❤️❤️❤️❤️

Le lendemain, dimanche, on se revoit. Il ne se passe rien de spécial mais c'est une journée inoubliable, pleine de joie. On rigole, on se chamaille et on discute pendant des heures. On profite juste de la chance d'être tous les deux. On n'a besoin de rien d'autre.

Dès qu'on n'est pas ensemble il veut me téléphoner mais je n'aime pas ça le tel, et j'ai peur de faire un gros blanc, de ne pas avoir de conversation. Il hante toutes mes pensées

❤️❤️❤️❤️

NOTRE PREMIER BISOU !!

Notre relation avance et se transforme en histoire d'amour mais je n'arrive pas à passer le cap.

Il y a pourtant tout pour que ça fonctionne : la complicité, l'envie d'être tout le temps l'un avec l'autre... mais peut-être que ne je suis pas encore prête. C'est ma première histoire d'amour, alors évidemment tout ça c'est un peu compliqué. J'ai besoin de temps. C'est mon meilleur ami et j'ai très peur de le perdre.

Lundi, on s'est retrouvés à l'arrêt de bus pour aller au collège et il m'a fait la bise. Normal vu que je lui ai expliqué que je n'étais pas encore prête à être en couple.

Je me demande pourquoi il s'intéresse à moi. Je ne ressemble pas du tout aux filles qui l'attirent et avec qui il sort habituellement. Il aime les filles maquillées, sexy, un peu superficielles, genre blond décoloré avec piercing et rajouts. Ce n'est pas du tout mon style.

J'ai encore besoin qu'il me rassure pour me lancer à fond dans une histoire d'amour avec lui.

Je ne veux pas me lancer à la légère et tout perdre, il y a trop en jeu.

Sauf que j'aurais dû être moins longue, moins me prendre la tête et faire comme les autres filles de mon âge. Au moins il aurait été à moi, alors que là je risque de tout perdre sans même avoir essayé.

En effet, plusieurs jours après notre premier bisou qui reste un moment magique à mes yeux, je vais sur Facebook **et là**...

> « Ce qui était à moi il me l'a pris.
> Il a pris des petits morceaux de moi. Petits morceaux
> au fil du temps mais si petits que j'ai pas fait attention. »
> *Grey's Anatomy*

Et à ce moment, tout s'écroule autour de moi, je reste là, immobile, à écarquiller les yeux sur mon PC. Je lis et relis cent fois son profil :

« EN COUPLE »
« EN COUPLE »
« EN COUPLE »
« EN COUPLE »
« EN COUPLE »
« EN COUPLE »
« EN COUPLE »
« EN COUPLE »
« EN COUPLE »
« EN COUPLE »
« EN COUPLE »

« EN COUPLE AVEC LUCIE »

Mais c'est qui celle-là ? Elle sort d'où ? Il ne m'en a jamais parlé !! Je reste là, je n'ai plus rien envie de faire, je reste à maudire cette fille que je ne connais même pas, à maudire Max et ces belles paroles, à me maudire de ne pas avoir su saisir ma chance. Mon cœur est blessé. J'ai le sentiment d'avoir été trahie, qu'il n'a pas été sincère et qu'il m'a volé un bisou.

Et pas n'importe lequel, il m'a volé « mon premier » bisou. Que faire ? Qu'est-ce que je vais devenir ?

Il ne m'appartient plus et j'éprouve trop d'énervement et de vide.

Cette nouvelle fille, sortie d'on ne sait où, est encore un clone de ses ex. Monsieur est très fier de sa nouvelle conquête, dont il parle tout le temps et nous montre les photos. Il poste des tas de photos d'eux sur Facebook. **GRRRRRRR !!**

S'il frime autant auprès de ses potes c'est surtout parce qu'elle est majeure.

Perso, ça me fait plus pitié qu'autre chose. Pourquoi une fille de 18 ans s'intéresse-t-elle à un petit collégien d'à peine 15 ans ?

La dernière fois, Maxence, Marion et moi on est partis à Roland-Garros avec le club de tennis. Max n'arrêtait pas de nous montrer des photos de sa Lucie. Il trouve qu'elle a trop de flow.

Je suis sûre que ça va encore être une fille de passage, c'est pour ça que je ne fais pas attention à tout ça.

Je suis de plus en plus attachée à lui, il est constamment dans mes pensées. Pourtant, le temps passe et je n'ai presque plus de nouvelles de lui. Où est le temps où nous passions toutes nos fins d'après-midi, tous nos week-ends, bref tout notre temps libre à rigoler ensemble ?

Ça ne fait que quelques jours et pourtant j'ai le sentiment que ça fait une éternité. Le temps passe, les jours se ressemblent, la même routine sans joie...

> « Parfois, je me demande si tu es au courant
> que j'ai un cœur. »
>
> *De moi*

Parfois je croise Max dans le bus le matin, alors mon cœur s'accélère malgré moi. Je fais mon maximum pour paraître calme et normale. Il me dit bonjour, on s'assoit avec les amis dans le fond et je l'écoute, dégoûtée, parler de SA Lucie. J'essaie de ne pas montrer mon énervement. Il a l'air de ne se rendre compte de rien. Je me demande s'il pense à nous de temps en temps, à notre complicité qu'il a balayée en deux secondes !

Au cours de la journée, je ne le vois presque plus. En général, il n'est déjà plus au collège. Max a toujours détesté l'école et je sais que depuis qu'il est arrivé à notre collège, c'est encore pire. Il a l'air d'être bien intégré ici. Il a plein de potes et tout le monde l'apprécie mais il m'a déjà confié qu'il ne se sentait pas à sa place. Il regrette souvent son quartier d'avant. Il déteste les profs, il les trouve trop stricts. Je sais qu'il vient en cours avec la boule au ventre. Déjà, l'an dernier, il prenait souvent le bus le matin pour faire croire à ses parents, mais au lieu de s'arrêter au collège, il poursuivait jusqu'à la rive gauche chez son copain Lenny. Ensemble, ils passaient leur journée à écrire et composer des chansons. Mais cette année, je crois que c'est pire que tout. Il met de moins en moins les pieds au collège. Au mieux, il est là le matin et après avoir rejoint Saïd, ils partent traîner le reste de la journée.

Moi je suis plus sérieuse qu'eux. Je ne suis pas non plus première de la classe, loin de là, mais je ne sèche pas les cours. 😜 Bon OK, il m'est arrivé de le faire une fois ou deux avec une copine. Mais j'aime bien aller au collège. Je n'y vais pas à contrecœur, même si des fois je préférerais faire une grasse mat' chez moi. Les cours ne me passionnent pas mais je suis contente de retrouver mes potes.

Les jours s'enchaînent et je sais de moins en moins quoi faire pour le retrouver. Fini les câlins, les messages et les petites attentions. On habite à deux pas l'un de l'autre mais on ne se voit plus. Que dois-je faire ? Le harceler *???!*

Je n'ai pas envie de passer pour une pauvre fille désespérée et de toute façon c'est à peine s'il répond à mes messages.
Je sais bien pourtant au fond de moi-même que les choses ne peuvent pas rester éternellement comme ça.

« Il faut un cœur solide pour aimer, mais il faut un cœur encore plus fort pour continuer à aimer après avoir été blessée. »

lesbeauxproverbes.com

Un mercredi après-midi, je décide d'aller à la piscine avec mes cousins. Sur le chemin, on croise Maxence et on lui propose de venir avec nous. C'est un bon pote de mes cousins. Je suis tout heureuse, enfin un moyen pour renouer le contact !

De tout le chemin, Max m'ignore totalement, il ne me parle pas, c'est à peine s'il me regarde.

Je suis de plus en plus agacée. 😠 En me changeant dans les cabines je suis trop énervée si bien qu'à peine mon maillot enfilé je fonce sur lui et lui lance :

Tu me donnes plus de nouvelles tu cherches plus à m'voir, c'est quoi ton problème ? C'est pas parce que tu sors avec une autre fille qu'il faut m'zapper !!!!!!!!!

Il répond : « *Même si j'avais essayé, je n'aurais jamais réussi* », puis il ajoute : « *Promis, je t'enverrai des messages et on se verra plus souvent.* » Ça m'a calmée net. Pourvu qu'il tienne sa promesse, j'espère que ce ne sont pas des paroles en l'air.

On passe un superbe après-midi, on se baigne, on se bagarre, on joue tous ensemble. D'un coup, je sens qu'il me tire par le bras et m'emmène dans un bassin bondé de monde, à l'abri des regards de mes cousins. Il me fait un gros câlin puis m'entraîne sous l'eau et m'embrasse. *Trop mignon !!!!!!!!!!!*

Très vite, un de mes cousins arrive et il lui dit de faire attention à moi puis nous reprenons nos jeux tous ensemble sauf que dans ma tête, plus rien n'est pareil !

Fini la tristesse ! Je ne fais que rigoler et je me sens soulagée. Ah il ne m'avait donc pas oubliée !

On n'arrête pas de se couler et de se regarder. Comme on dit, « qui aime bien châtie bien » !

Nos retrouvailles à la piscine

L'heure de la fermeture approche, donc on en profite pour faire n'importe quoi : ne plus respecter les feux au toboggan, passer à plusieurs, faire des bouchons, bloquer l'eau pour que ça aille plus vite, etc.

Du coup, on s'est fait exclure mais ça… on s'y attendait ! On part tous prendre la douche côté garçons (je suis la seule fille). Max ne me quitte pas des yeux et me fait plein de sourires. J'ai l'impression que les mois sans lui n'ont pas existé, tout redevient comme avant.

Je suis de nouveau moi-même, de nouveau heureuse. C'est comme si on me redonnait une partie de moi, celle qui me manquait. J'ai tout de même peur qu'il recommence alors en l'accompagnant au casier je lui dis :

« J'ai besoin de toi, tu m'as manqué !

– …

– T'es toujours avec… ?

– Oui (il est tout gêné).

– Fais quelque chose, quitte-la... que tout redevienne comme avant.

– Promis, tu sais, je pense souvent à toi. »

On discute toute la soirée par SMS. Faut bien rattraper ce mois perdu ! Il s'est excusé à plusieurs reprises et m'a dit combien il avait également trouvé le temps long sans moi. Ça y est, tout est revenu à la normale !

> « Soyons extraordinaires ensemble plutôt qu'ordinaires séparément. »
>
> *Source inconnue*

L e lendemain matin, comme d'hab', on se retrouve dans le bus pour aller à l'école. Il n'arrête pas de me faire rire. Il devient de plus en plus vital pour moi. Avec lui, je suis capable de tout. Dès le matin, le voir débarquer en mode flemme, même pas coiffé, une crêpe dans la main, une compote dans l'autre, je craque ! Sa drôle de dégaine, c'est tellement lui !

Les jours défilent et notre amitié devient toujours plus forte. Grâce à lui et uniquement à lui, mes années collège ont été les plus belles années de ma vie. J'ai toujours été entourée de copains et copines sensationnels mais Max est ma plus belle rencontre. Celle qui a changé ma vie en conte de fées. Il est le grand

À LA RÉCRÉ

frère que je n'ai jamais eu, il est toujours attentionné, toujours là pour prendre soin de moi.

Je me souviens de cette journée d'hiver, mes règles sont si douloureuses que je suis recroquevillée dans un coin du foyer, la capuche sur la tête. Pliée en deux de douleur, incapable de bouger. Des larmes commencent à couler et tous les gens m'énervent à me demander ce que j'ai. Je sais, je suis une mauvaise malade ! Max arrive, il ne me questionne pas, juste il me serre dans ses bras en me disant doucement *« arrête de pleurer, je suis là »*. Le simple fait qu'il m'enlace, qu'il soit là pour moi, m'a redonné du courage.

Personne ne m'a jamais respectée ni même regardée comme il le fait. Il me donne beaucoup de force et d'amour et pour ça, personne ne pourra jamais lui arriver à la cheville.

Quand je suis avec lui, je ne me comporte pas comme avec mes copines. Je suis moins *« fofolle »*, pourtant on rigole tout le temps. À la fois je ne me contrôle plus car je veux qu'il ait toujours la meilleure opinion de moi. À la fois je me sens totalement moi, totalement vraie à ses côtés. Je ne peux pas tricher avec lui. J'ai suffisamment confiance pour m'ouvrir complètement à lui et ne rien lui cacher.

On s'aime plus que tout. Mais au sens où tout le monde l'entend, on n'est rien de plus que des amis.

On n'est pas un couple. Il me respecte et ne cherche plus à me voler des bisous. Mais j'ai toujours le droit à des câlins. *Hummmmmmmmm ! J'adore !*

Le bonheur est auprès de lui, malheureusement toutes les bonnes choses ont une fin...

À ce moment-là j'étais loin de m'imaginer que notre relation allait se terminer si vite. J'aurais dû prévoir que Max avait besoin d'une petite copine, que si je refusais de sortir avec lui, il rencontrerait une autre fille et ceci risquait de nous nuire. Il n'y avait pas de place pour deux, mais tout ceci, je l'ai compris bien trop tard. Pour le moment je me croyais invincible...

« La différence entre toi et moi, Pét****, c'est que moi j'arrive à le faire sourire avec mes vêtements sur moi. »

Source inconnue

On se voit tous les jours, je le connais par cœur. Enfin c'est ce que je crois mais, en réalité, Maxence a une face cachée ! Il drague une autre fille. Cette histoire se construit à toute allure sans que je ne le sache, sans que je ne puisse réagir.

Encore une fois, me voilà devant le fait accompli. Seule derrière mon écran, je découvre qu'il s'affiche publiquement avec une autre fille (que je ne connais absolument pas). Je suis donc là, devant mon PC, devant ce statut « en couple ».

J'éprouve **TROP TROP TROP DE HAINE !!!**

Maxence commence à être connu dans le coin. La musique prend de plus en plus de place dans sa vie. J'écoute ce qu'il fait et le conseille quand il me demande mon avis mais je pensais que c'était un simple passe-temps, un peu comme les jeux vidéo sur lesquels il passe des heures à jouer. Je ne me rendais pas bien compte de son ascension et j'étais loin de me douter qu'il percerait un jour. Pourtant, il côtoie le milieu du rap rouennais et déjà son pseudo MA2X est dans toutes les bouches. Forcément, avec sa « célébrité » il a encore plus de filles à ses pieds. Je suis sûre que sa nouvelle copine a été attirée par ça. C'est trop le genre, un peu *« POUF »*, à vouloir flamber et se montrer avec un gars connu. Sa nouvelle copine, vous la connaissez probablement si vous suivez MA2X depuis le début. Pour ne pas lui porter préjudice, je l'appellerai Priscilla. C'est ce type de **FILLE PRÉTENTIEUSE** et éblouie par le pouvoir. Je ne savais pas encore qu'une seule personne pouvait, à elle seule, causer autant de dégâts...

Ils sont ensemble depuis la fin de l'année scolaire, vers juin. Max et moi on est encore très proches. Je suis blessée qu'il soit avec une autre mais en même temps, je suis déterminée à ne plus me laisser prendre ma place. Je me rends compte que *je l'aime*. Il faut à tout prix que je lui avoue mes sentiments dès qu'il aura rompu avec Priscilla.

Je ne croyais pas à leur histoire, je pensais que c'était une amourette comme les précédentes. Mauvaise analyse, leur couple a duré neuf mois...

> « Garde toujours tes amis près de toi
> et tes ennemis encore plus près. »
>
> *Al Pacino*

Dans les premiers temps, j'ai cherché à me rapprocher d'elle afin de connaître davantage la fille qui partageait le quotidien de MON Max. Je voulais connaître sa personnalité, sa façon d'être, etc.

On a donc commencé à se parler sur Internet et très vite on s'est mise à s'appeler « bb » ou « mon cœur ». On n'était pas particulièrement proches, on se connaissait à peine mais c'est comme ça le langage virtuel, ça aurait été différent en face à face.

Très vite, ma meilleure amie a également parlé avec Priscilla pour m'aider à savoir où elle en était avec Max. Ma copine savait que j'étais amoureuse de lui et que j'étais prête à tout pour le récupérer au plus tôt.

Rapidement, ma relation avec Priscilla s'est transformée en relation conflictuelle à cause d'un petit **message...**

« Qui ne tente rien n'a rien. »

Proverbe

Un message intercepté par Priscilla !!!
Ça fait déjà un mois que Max et Priscilla sont ensemble. Je suis toujours en contact avec Max, mais plus rien n'est pareil. C'est une relation beaucoup plus distante. On ne se retrouve plus tous les soirs, il ne me prend plus dans ses bras. Chaque jour qui passe, je regrette de ne pas avoir avoué à Max mes sentiments. Je me sens seule et coincée dans un amour impossible. Je ne veux pas foutre le bordel dans son couple. Ce n'est pas mon genre d'essayer de casser une histoire d'amour. J'essaie de me résigner, d'accepter qu'il ne soit plus libre.

J'ai eu ma chance, je n'ai pas su la saisir. Désormais, les choses ont évolué mais je n'arrive pas à m'y faire. Je *SAIS* que Max et moi on est unis par un lien plus fort, que je pourrais le rendre plus heureux et l'aimer plus que n'importe qui d'autre.

Là, je suis sur la route, je rentre de Perpignan où on vient de passer les vacances. C'est super long, ça fait déjà 6 heures qu'on est dans la bagnole. En plus il fait trop chaud, et je ne peux rien faire, j'ai mal au cœur dès que je regarde mon magazine. Bref, c'est long et je ne fais que penser à Max :

Comment le récupérer ??

Après avoir longuement réfléchi, je me suis dit : « *C'est débile de laisser s'éloigner la personne que j'aime le plus au monde sans tenter de la retenir !* » Alors je me décide, je lui envoie un message sur Facebook :

Maxence Sproule

+ Nouveau message   ✿ Actions   🔍

Conversation démarrée

Margot Malmaison
Faut j'te parle de quelque chose que j' t'ai jamais dit, que j' voulais pas te dire mais maintenant j' suis prête..

Votre réponse...

🔗 Ajouter des fichiers   📷 Ajouter des photos   Appuyer sur Entrée pour envo... ☑

Je regarde mon écran toutes les deux secondes, j'ai trop peur et en même temps je suis trop excitée. Je me suis enfin lancée et je sais que j'ai pris la bonne décision. J'attends avec impatience sa réponse et alors je remarque enfin :

Maxence Sproule

+ Nouveau message   ⚙ Actions   Q

Conversation démarrée

Margot Malmaison
Faut j'te parle de quelque chose que j' t'ai jamais dit, que j' voulais pas te dire mais maintenant j' suis prête..

Maxence Sproule
La mienne :$

Votre réponse

🖉 Ajouter des fichiers   📷 Ajouter des photos   Appuyer sur Entrée pour envo   ✓

Je suis super heureuse, c'est trop mignon !!! Malgré Priscilla, il ne m'oublie pas ! Encore une fois j'ai envie de hurler et sauter partout, mais bon, je vais me calmer, je suis attachée et avec mes parents...
Un peu plus tard, je reçois un message de Max :

Vas-y dis-moi :$

C'était obligé qu'il allait me demander, il est trop curieux !! Mais je préfère lui parler en face. Hors de

55

question de dire ce que j'ai sur le cœur par message ! Je suis en train d'imaginer le déroulement de notre future rencontre, comment je vais pouvoir amener la chose sans trop bégayer et rougir, quand je reçois un nouveau message :

« Grosse P**** ! Pourquoi tu fais ça ? »

Puis : *« T'as d'la chance je pars en vacances quand j'reviens t'es morte ! J'ai compris c'que tu voulais dire à Max alors fais pas l'innocente ! »*

Bon apparemment elle a chopé le message pour Max... Si elle croit qu'elle m'impressionne avec ses menaces ! Mais je suis trop bête, j'ai oublié qu'elle a les identifiants pour se connecter au compte de Max, pourtant il me l'a dit. Surtout que Priscilla est très jalouse, une jalouse hystérique oui !! 😂

Dans la foulée, je clique sur la page Facebook de Maxence et là ça me marque :

Cette page n'est malheureusement pas disponible.

Le lien que vous avez suivi peut être incorrect ou la page peut avoir été supprimée.

Retourner à la page précédente · Aller à la page d'accueil Facebook · Consulter les pages d'aide

Il n'y a qu'une seule explication ; **J'AI ÉTÉ BLOQUÉE** ! 😡
Ça y est une nouvelle fille entre dans sa vie et il ne veut plus entendre parler de moi ? À moins que ce ne soit un coup de Priscilla...

Pour en avoir le cœur net, j'envoie à Max :

> Tu m'bloques comme ça ? Vasy bye alors !

Direct il répond :

> Nan. C'pas moi qui a fait ça. C quoi q'tu voulais me dire ?

Gros coup de panique, j'écris :

> Rien... j'ai eu un problème, j'voulais t'en parler mais si ta meuf s'excite pour rien comme ça laisse tomber, j'préfère carrément éviter de vous parler à tous les deux

Mer** ! J'y suis allée un peu fort. Faut que je renvoie un autre message *« Tu me manques trop, faut que je te parle... »*
Non, ça fait trop la fille accro et puis si l'autre tombe dessus... euh, je ne sais pas quoi mettre, mais il faut que je fasse vite ! Bon finalement j'envoie :

> Tu me manques mais bon... tu t'en fous alors à quoi ça sert
> Ah ouais et je rentre demain à Rouen, bisous

Là, pas de réponse. Bizarre... Le lendemain toujours rien... Je suis sûre qu'après m'avoir bloquée sur Facebook, elle a chopé le tel de Max pour effacer mon numéro. Curieux comme il est, Max m'aurait appelée. Surtout qu'on ne s'est pas vus depuis deux semaines avec les vacances. Elle cherche à m'éloigner. Ça ne sera pas facile ! Elle oublie qu'on est voisins !

En tout cas, **LA GUERRE EST DÉCLARÉE !!**

> « C'est quand on s'y attend le moins
> que les meilleures choses arrivent... »
>
> *Proverbe*

À peine rentrée de vacances, je pars une semaine chez ma copine Lucile. Elle n'habite pas loin, dans les Hauts de Rouen. Bien sûr, je lui explique tout ce qui s'est passé dernièrement :
À quel point je suis amoureuse de Max, comment j'ai décidé de lui en parler et comment tout ça a dérapé à cause de cette fille, blablabla... je me retrouve en pleurs !! Je me sens vraiment mal.

On passe une semaine trop cool, on a passé tout notre temps à délirer. Je ne pouvais pas rêver mieux pour me changer les idées. Malgré ça, je n'arrive toujours pas à me sortir Max de la tête. On a pris des tas de vidéos et photos et on a posté les meilleures sur Facebook.

Un jour, j'entends crier **« MARGOOOOOT !!! »**, c'est Lucile. J'arrive en courant, elle est devant son écran, tout excitée : *« Regarde, regarde !!! Maxence m'a envoyé un message ! »* Euh… c'est quoi ce délire, il lui envoie des messages, ils se connaissent à peine… Je n'ai pas le temps de cogiter car j'entends Lucile prononcer mon prénom.

« Margot ? !

— Quoi, qu'est-ce que tu dis ?

— Maxence a écrit :

"Tu diras à Margot que je suis passé chez elle avant de partir en vacances, il faut vraiment que je lui parle". »

Sérieux ?? Je suis trop contente. Je cours faire des bisous à Lucile. Il est passé me voir ! Et en plus il a tout fait pour me transmettre ce message. Il n'est pas pote avec Lucile, mais il a 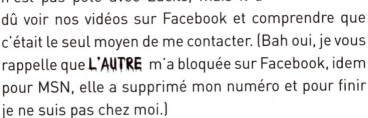 dû voir nos vidéos sur Facebook et comprendre que c'était le seul moyen de me contacter. (Bah oui, je vous rappelle que **L'AUTRE** m'a bloquée sur Facebook, idem pour MSN, elle a supprimé mon numéro et pour finir je ne suis pas chez moi.)

Je suis super heureuse car tout ceci montre bien que je compte pour lui. Lucile lui envoie une demande d'ajout Facebook au cas où il serait connecté, et par chance, il est encore là ! On a pu discuter. Enfin, brièvement, car dès le départ il me prévient :

« J'vais supprimer vite les messages, dépêchez-vous de parler avant que Priscilla voie. »

Du coup on parle en mode accéléré. J'ai juste le temps de lui demander quand est-ce qu'il rentre de vacances et aussi lui taper (en prenant une grande respiration) **ces quelques mots...**

> « Une personne banale devenue vitale. »
>
> *Source inconnue*

C es quelques mots sont :

Je t'aime

J'appuie très vite sur la touche : pour ne pas réfléchir et ne pas effacer.

J'ai déjà trop hésité, il faut que j'aille jusqu'au bout. Et il me répond :

Il m'a seulement répondu par : « ... » et bye bye. J'ai imaginé des dizaines de fois le moment où je lui dirai *« je t'aime »* mais jamais je ne m'étais préparée à cette réponse. J'ai trop les nerfs, et je me sens humiliée. Il m'a mis un gros vent. Jamais je n'aurais dû lui avouer. J'aurais dû me douter que ce n'était pas le bon moment vu qu'il est en couple. J'aurais vraiment dû me réveiller plus tôt, maintenant tout est fini !!!! JAMAIS je ne serai avec Maxence, JAMAIS plus nous ne serons aussi proches. Je me suis mise dans un beau pétrin : non seulement il ne m'aime plus mais en plus, j'ai Priscilla sur le dos ! Elle n'arrête pas de m'envoyer des messages pour me dire qu'elle va me faire la peau. Ça devient presque du harcèlement.

Je ne sais pas quoi faire. La situation m'échappe. Il faut que je fasse quelque chose pour ne pas perdre totalement Maxence.

HELP ME !!!

Lucile me conseille de laisser faire le temps, qu'il se rendra bien compte que je lui manque. Je ne suis pas d'accord avec elle, j'ai trop peur qu'il m'oublie. Du coup, j'envoie à Max :

Je suis un peu rassurée. J'ai hâte qu'il rentre. Encore une semaine à attendre... Heureusement que je reste chez Lucile, ça limitera mes coups de déprime.

« Toutes les vérités ne sont pas bonnes à dire. »

Proverbe

Dernier jour avec Lucile, on décide de faire une petite journée « shopping » en centre-ville. Je viens de m'acheter un short trop beau avec des perles, juste parfait ! On sort du magasin et Lucile me dit : « Regarde, il y a Maxence ». Je relève la tête, déjà morte de trouille, et je le vois avec sa bande de potes. On se fait la bise. Il est tout bronzé, trop beau ! *Je craque !* Je ne peux pas le quitter des yeux. Il ne s'éternise pas car ses potes sont déjà loin mais il me promet de m'appeler bientôt. J'ai trop envie de l'avoir pour moi, de passer du temps avec ! Du coup, je propose à Lucile de les suivre (discrètement, bien sûr). Je sais ça fait un peu pauvre fille ! Vraiment, ce n'est pas du tout mon genre de faire ça, sauf que là... là, c'est différent... J'ai besoin de le voir plus !!!

Alors on fait style de regarder les vitrines de magasins mais en fait je l'espionne ! On ne fait pas ça très longtemps, ça risque de faire un peu louche sinon...

La journée passe, on délire bien. On décide de se poser sur la place du Théâtre des Arts. C'est là que tout le monde squatte. Max et ses potes sont également là. En général, Priscilla aussi traîne beaucoup ici. Mais je peux être tranquille, elle est en vacances. Enfin qu'à moitié car un de ses meilleurs copains est dans la bande de Max.

Max vient me prendre par le bras pour me demander si je veux manger un kebab avec lui en fin de journée. Bien entendu, j'accepte ! On poursuit notre journée chacun dans notre coin. On se croise de temps en temps, on s'échange des sourires. Puis je reçois un SMS :

> Rejoins-moi à l'arrêt de bus

Ça tombe bien, Lucile doit rentrer chez elle. Elle me fait promettre de la tenir au courant de l'évolution des choses. Je suis à peine arrivée que Maxence reçoit un coup de téléphone de... **PRISCILLA** !!

Je devine qu'elle pique une crise parce que des gens m'ont vue avec Max. C'est fou comme ça parle vite ici !!!!!!!! Les gens sont trop des commères ! Max la baratine pour la calmer. À la fois je suis bien contente, je rigole intérieurement de l'entendre péter un câble, à la fois je suis un peu énervée par les mensonges de Max. J'aimerais qu'il assume, qu'il lui dise qu'en effet, il était et EST avec moi. Et alors ??? Après tout, on est amis !

Je ne laisse rien paraître. Je fais mine de parler avec Alexandre, le copain qui accompagne Max, tout en ne perdant pas une miette de la dispute de Max et Priscilla. Alexandre s'amuse à crier fort mon nom pour que Priscilla entende. Moi je rigole, je suis contente qu'il la fasse enrager.

Je déchante en entendant Maxence terminer sa conversation par « bisous, je t'aime ».

Ma gorge se noue, **IL M'ÉNERVE**, je lui lance un regard noir et furieux. Il n'est pas obligé de dire ça devant moi alors qu'il connaît mes sentiments !

On a passé un bon moment, mais on n'a pas du tout pu parler sérieusement car il y avait Alex.

Dans le bus du retour, on croise la cousine de Priscilla. Discrètement, Max s'écarte de moi pour qu'elle ne se doute de rien. En se séparant je lui demande :

« On se revoit quand ?

- Je peux passer ce soir ? Vers 21 heures ?

- Parfait ! À d't' à l'heure ! »

J'ai à peine le temps de me poser chez moi que j'entends sonner. C'est Maxence. Il est carrément en avance. J'ouvre la porte et direct il m'envoie :

« Pourquoi tu m'annonces seulement maintenant que tu m'aimes ?

- Euh... 2 secondes, j'arrive. »

Ça y est, le temps de l'explication est venu... Nous avançons en silence pour trouver un coin tranquille car je n'ai pas envie de lui déballer ma vie entre deux portes et à la vue de toute ma famille.

Ça me laisse un peu de temps pour remettre toutes mes idées dans l'ordre. J'ai tellement de choses à lui dire...

Au début, briser le silence est un peu difficile... J'ai l'impression d'entendre ma voix résonner et puis petit à petit je n'y fais plus attention. Il ne dit rien et moi je parle, je parle, je parle. Je lui dis que, comme lui, j'attendais le moment idéal pour lui avouer mon amour. J'aurais voulu le faire avant, quand nous n'étions que tous les deux, un peu seuls au monde et que je croyais qu'il n'était qu'à moi.

Quand trouver le bon moment vu qu'il y avait chaque jour une nouvelle fille entre nous ?

Je lui explique que j'avais d'abord voulu apprendre à le connaître. Mais qu'il ne m'a pas laissé le temps. Que je pensais qu'il m'aimait et pourtant il ne m'a pas attendue, et que maintenant que je suis sûre et que je lui avoue mes sentiments, tout ça paraît trop tard.

Pourquoi ? Où est le problème ? Est-ce ma faute ?

Je ne le laisse pas placer un seul mot et continue à vider mon sac.

C'est comme si j'avais gardé enfermé trop longtemps tout cela et que le point de rupture venait de lâcher. Du coup, je lâche tout en bloc.

Je lui dis combien j'ai la rage contre la fille avec qui il est car personne, mieux que moi, ne le connaît. Je donnerais ma vie pour lui alors qu'elle n'a rien à lui offrir d'autre que son corps ! Je lui reproche d'être un homme comme les autres, attiré que par le physique. Ça y est, une ~~jolie~~ fille débarque d'on ne sait où et c'est la femme de sa vie ?

Et son passé ? Et moi ? Il tire un trait dessus ? Je sais que je suis blessante mais je suis poussée par un besoin de lui balancer ses quatre vérités, quitte à lui faire mal. Je veux qu'il ait bien conscience de la situation et de ce que je vis. J'enchaîne donc en le traitant pour m'avoir zappée pendant un mois sans donner de nouvelles et sans se demander si j'étais triste ou pas. Je suis très dure, je le traite d'égoïste, de ne se soucier que de son propre bonheur, de ne pas penser à moi.

Je lui crie, les larmes aux yeux, que je ne comprends pas pourquoi il me fait ça, qu'il ne pense qu'à lui, lui, lui, et que je ne veux pas le voir heureux avec quelqu'un d'autre que moi. Tout du long, il m'écoute avec attention et quand enfin je me tais, il me regarde et me demande :

« Je peux t'embrasser ? »

Je n'ai pas le temps de répondre que déjà ses lèvres sont posées sur les miennes. C'était vraiment trop mignon !!!

Nous avons passé la soirée ensemble. Il m'a embrassée de nouveau et là j'ai senti mon cœur tambouriner dans ma poitrine. J'ai cru qu'il allait exploser sous la force des battements !

Je deviens de plus en plus dingue de lui. Mais je m'emballe beaucoup trop vite car il est encore avec elle ! Je sais que je dois faire attention mais malgré ça, quand je suis avec lui, je ne pense à rien d'autre que nous.

« Une seule personne peut faire ton bonheur. »

De moi

Épisode 1 : Aujourd'hui

On profite d'être ensemble, de se retrouver et je n'ose pas tout gâcher en parlant d'avenir. Je sais que Priscilla l'a déjà trompé alors je me demande si, à son tour il ne m'a pas embrassée pour se venger. Je me demande surtout : « Va-t-il la quitter ? »

Je rentre chez moi et direct je reçois un coup de fil de Maxence. Il veut savoir si on se voit demain. BIEN SÛR !! Ouf, déjà un bon point, il veut me revoir. Je déteste parler au téléphone, surtout avec un mec mais bon il faut que je fasse des efforts pour ne pas le perdre. Résultat des courses, nous avons discuté pendant deux heures de tout et de rien. Vraiment de n'importe quoi, il m'a même fait écouter sa mère qui lui criait après. 😂 Finalement, ce n'était pas tant un calvaire, je n'ai pas fait de gaffes, je trouve même que j'avais de la conversation !

En tout cas, deuxième bon point, il semble préférer passer du temps avec moi au téléphone plutôt qu'avec elle. Et surtout, à la fin de la conversation j'ai lancé :

« Bisous, bonne nuit. »

et il m'a répondu :

« Bonne nuit... je t'aime. »

71

C'était murmuré tout doucement mais j'ai quand même entendu très nettement ! Alors là !!! Je suis la fille la plus heureuse du monde !

« Moi aussi je t'aime... »

oh là là, il faut que je prenne sur moi pour rester calme, j'ai une envie folle de hurler *JE T'AIME, JE T'AIME, JE T'AIME !!!*

Épisode 2 : Le lendemain

Réveil à 12 h 30, comme tous les jours où je n'ai pas cours. Je vois Max tout à l'heure, en plus il fait un grand soleil. Du coup, je me sens vraiment de bonne humeur !!! Je suis à peine debout que je reçois un sms.

> T'es réveillée ? Je viens tout de suite ?

EUH NON, MAIS JE NE SUIS PAS PRÊTE DU TOUT !!!

Ça y est, gros coup de stress. Bon, j'ai réussi à reculer le rendez-vous dans 1 heure mais tout ça ne me laisse pas beaucoup de temps quand même. Je saute dans la douche en essayant de visualiser la tenue que je pourrais porter. Robe ? Pantalon ? Je ne veux pas paraître trop apprêtée, genre groupie de son mec dès le premier jour mais il faut que je sois la plus belle. En gros, simple mais éblouissante. J'essaye je ne sais combien de tenues. C'est fou, ma mère dit que mon armoire déborde mais je n'ai vraiment rien de bien dans ma garde-robe ! Finalement, j'opte pour un short avec un tee-shirt sympa. Ce n'est pas ce que je rêvais mais ça fera l'affaire. Puis il faut que j'arrête, ce ne sont pas mes fringues d'aujourd'hui qui changeront quelque chose, il voit bien mon style de d'habitude. J'espère que mes parents ne rentreront pas dans ma chambre car avec la dizaine de tops dépliés qui traînent par terre, je suis bonne pour une nouvelle crise ! Bon, je n'ai plus que dix minutes pour avaler quelque chose, il ne faudrait pas que mon ventre gargouille, la honte ! Mdr ! Le coup de stress m'a coupé la faim. Une dernière mise au point devant la glace, histoire de ne pas avoir un reste de croissant dans les dents ou un gros épi sur la tête.

TOC, TOC, TOC, j'ouvre la porte. C'est *LUI*. Je prends une serviette puis on part un peu plus loin, bronzer dans un endroit où l'on est que tous les deux !!

Nous avons passé six heures non-stop ensemble dans les bras l'un de l'autre, le paradis ! Il était très attentionné, me faisait des compliments, des bisous... On était trop complices ! Sauf que, évidemment, Priscilla l'a appelé... En gros elle voulait savoir où il était, avec qui il était. Il a raconté qu'il était parti faire un foot avec ses potes. Ah ah, si elle savait ! À quoi est-ce qu'elle s'attend à le fliquer comme ça ? De toute façon il ne va pas lui dire : « Je suis avec Margot en train de l'embrasser ! »

Au final, je l'aime de plus en plus. C'est juste impossible de m'imaginer sans lui. *POURVU QU'IL LA LARGUE !!!* 😂

À la fin de la journée il m'a dit : « À demain ! Enfin si ça te dit ? » Trop contente, ça veut dire qu'il a autant apprécié cet après-midi que moi. Tout se passe super bien entre nous sauf que du coup, moi je m'attache de plus en plus et c'est un problème parce que ce n'est pas mon copain ! Il est toujours en couple avec cette Priscilla. En plus, je ne peux pas la voir, cette fille.

Hier, j'ai demandé à Max ce qu'il trouvait à Priscilla. Il n'a pas osé me répondre. Au fond, il ne vaut mieux pas que je sache... ça ne servirait qu'à me péter le moral. N'empêche, je ne vois vraiment pas ce qu'il lui trouve ! À part son cul. Non mais c'est vrai, je ne veux pas faire ma jalouse mais sinon quoi d'autre ? Ils se connaissent depuis à peine deux mois puis en plus elle a déjà trouvé le moyen de le tromper ! C'est une pauvre fille. Elle ne se rend pas compte de la chance qu'elle a. Moi, je saurais bien plus apprécier d'être à ses côtés pour le rendre heureux.

En rentrant, je me connecte sur Facebook puis là :

PETITE SURPRISE !

Toi, tu vas voir quand je rentre, t'es morte

OUH ! J'ai peur ! Je passe sur les détails mais j'ai plus d'une dizaine de messages de ce genre, tous plus vulgaires les uns que les autres ! Tout ça ne m'atteint pas. Pour le moment Max est dans mes bras puis Priscilla à des kilomètres, c'est tout ce qui compte ! On verra bien pour régler cette affaire quand elle rentrera. Pour l'instant...

...pour l'instant je profite !!

Épisode 3 : Le surlendemain

On s'est vus toute la journée. C'était juste PARFAIT !
Comme d'habitude, on s'est trop bien entendus puis
le temps a défilé à toute allure. Je sais que c'est un
peu cliché mais je crois vraiment que c'est mon âme
sœur. On est faits pour être ensemble ! Il ne savait
plus comment m'appeler : simplement « Margot » ou
« bébé », c'était juste trop mignon, j'étais aux anges !
En fin de journée, il est parti rejoindre son pote
Estéban. Moi, je me suis posée à l'arrêt de bus, les
écouteurs sur les oreilles puis les yeux fixés sur mon
tel. J'envoyais des messages à Lucile que je devais
voir en ville.
D'un coup, j'ai senti quelqu'un qui m'embrassait.
Évidemment, c'était Max. Il était là devant moi à me
serrer puis à m'embrasser en public. J'étais trop
étonnée !
*« Tu sais c'que tu fais ? T'as pas peur qu'on nous
voie ? »* Je lui demande à moitié affolée. C'est notre
quartier on connaît tout le monde, on est à deux pas
de sa maison !
« Je m'en fous ! »
WAHOU ! Il se fiche des bla-bla, il se fiche de tous
ces gens. De tout sauf de moi !!! Yes ! Ça avance entre
nous... Et peu de temps après, alors qu'il était reparti,
je reçois :

> On se revoit très bientôt

Oui, oui, oui, oui ! C'est la personne la plus attentionnée que je connaisse.

Priscilla n'arrête pas de me menacer par message, ahah des barres ! J'en ai parlé avec Lucile puis Camille, elles me disent que c'est une fille qui parle beaucoup mais qu'elle n'osera pas me toucher un cheveu. J'ai fait style je n'étais pas inquiète, mais au fond je ne suis pas si rassurée. Je ne me suis jamais battue, moi ! J'ai un peu peur de me prendre des coups comme une paumée ! Bon on verra bien, ça  ne sert à rien de « psychoter ». Et pour le moment elle est loin, loin, loin. Si seulement elle pouvait ne jamais revenir… 😁

> « Serait-ce cela l'amour,
> ce mélange d'angoisse et de bonheur à la fois ? »
>
> *L'internaute*

Ce matin, au réveil, nouveau message de Maxence.

Ça m'a fait trop trop plaisir, surtout qu'encore une fois, j'étais en train de penser à lui. Évidemment je pense tout le temps à lui !!!

Cet après-midi, je me suis baladée avec Myriam. On a croisé Estéban qui est le meilleur ami de Myriam, mais aussi celui de Maxence. C'est hallucinant comme le monde est petit !

On a parlé vite fait genre :

« Ah, c'est toi Margot ? C'est vrai que Max t'a embrassée ?
– Euuh... Oui, pourquoi ?
– Pour rien, comme ça.
– Bon, bah, je vais faire les magasins, si tu le revois avant moi fais-lui un bisou de ma part.
– Ah ah, t'inquiète... »

Puis j'ai rigolé, je savais qu'il cherchait les histoires, mais surtout, j'étais trop contente que Max ait parlé de moi à son pote. J'existe ! Je ne suis pas encore totalement sa copine mais j'existe, il parle de moi !

C'est bien que je suis importante pour lui. Moi je n'en ai presque pas parlé à mes copines sauf bien sûr à Lucile et Camille car on se dit absolument tout ! Mais sinon je reste très discrète jusqu'à ce que tout ça soit tiré au clair. Je n'ai pas envie de mettre le bordel dans la vie de Maxence. Priscilla est déjà assez remontée. J'arrive de plus en plus à m'ouvrir à Max, à lui dire quand il me manque, que je l'aime. Je vois bien que lui est partagé. Il me dit aussi qu'il m'aime mais en ce moment je le sens inquiet. Il me le dit plus timidement. Logique, Priscilla rentre dans deux jours. **BERKKKK** !

Moi aussi je flippe de plus en plus. J'essaie de ne pas y penser et de ne rien laisser paraître. Je n'ai pas envie de faire la fille relou et de lui demander ce qui va se passer. Mais en vérité, je suis tétanisée ! Je suis complètement dingue de lui. Je ne **PEUX PAS** être sans lui !

Hier, on a encore passé un aprèm'bronzette, allongés dans le champ, bras dans les bras. D'ailleurs, je commence à être canon avec ma peau dorée ! Bref, c'était trop bizarre, j'avais l'impression d'être dans un rêve total, j'étais aux anges ! Je ressentais Max comme une partie de moi, comme le frère que je n'ai jamais eu. À la maison, on est trois filles, ça ne doit vraiment pas toujours être facile pour papa ! Et soudain, je ne sais pas ce qui s'est passé, j'ai été prise d'une angoisse. Le cauchemar de Priscilla, son retour, etc., tout ça est venu en bloc dans ma tête, j'avais du mal à profiter. Je me forçais à rigoler et sourire mais le cœur n'y était plus. Je lui ai dit : *« Ne m'oublie pas, même si tu es avec Priscilla »* et **il m'a répondu...**

« ~~Qu'en~~ *Dans* l'attente de ce~~lui~~ qu'on aime
Une heure est ~~fâcheuse~~ *IMPOSSIBLE* à passer ! »

Pierre Corneille

l m'a répondu... *« je ne peux pas t'oublier »* !!!!!!!!!

.

.

.

.

Priscilla rentre aujourd'hui. Elle est peut-être même déjà arrivée. Si ça se trouve ils se sont déjà revus ? ! Elle est peut-être même dans ses bras ? ! Non il ne me ferait jamais ça !! Bon, il faut que je me calme, sinon, je ne vais jamais tenir. J'AI PEUR !!!!!

J'ai attendu toute la journée un SMS de Max et... **RIEN !**
Je ne vous dis pas comment je suis inquiète. Pour couronner le tout, le soir, je me connecte et là, je vois le statut de Priscilla :

A enfin retrouvé son homme

Je ne vous cache pas que j'avais trop envie de lui dire : « Fais ta maligne mais sache que pendant une semaine il était dans les bras d'une autre. » Mais bon, je n'ai rien fait du tout, pas la peine de me mettre Max à dos. Du coup, j'ai envoyé un message à Maxence. Je ne voulais pas, je voulais qu'il me donne des nouvelles le premier... sauf que, ça ne sert à rien de se monter la tête toute seule, et j'ai trop besoin d'avoir un signe encourageant. Je suis de plus en plus anxieuse...

Zéro nouvelle, que dalle ! Il n'a même pas répondu à mon texto ! Ça y est, il a retrouvé **SA POUF** et m'a oubliée ! Notre histoire a à peine commencé qu'elle s'arrête déjà ! Snif, j'ai trop les boules !!!!!

Après avoir passé une semaine collés/serrés dans le champ (ah ce champ ! C'était le pur bonheur, que des bons moments !) plus de nouvelles ! RIEN ! Je suis dégoûtée... J'y croyais tellement, je lui faisais confiance. Je savais bien qu'il était « officiellement » avec cette fille mais on était tellement heureux que ce n'est pas possible que tout ça s'arrête. Il ne peut pas retourner avec elle ainsi, comme si rien ne s'était passé, comme si notre histoire n'avait pas existé. Il doit sûrement être un peu perdu aussi. Pourvu qu'il me donne bientôt des nouvelles... Il me manque. J'ai l'impression de devenir folle !

.
.
.
.

.
.
.
.

Max m'a fait promettre de garder notre histoire pour nous. Et moi trop bonne, trop conne, je l'ai écouté ! Ah c'est sûr, l'amour rend aveugle !

Mais l'histoire s'est quand même ébruitée. Comme je vous avais dit, j'en avais parlé à mes deux meilleures amies en qui j'avais une totale confiance. Sauf qu'elles aussi en ont parlé à des amies de confiance, qui ont dû faire la même chose, etc.

Effet boule de neige jusqu'à ce que ça atteigne les oreilles de... Priscilla ! Au fond, je suis bien contente, c'était un mal pour un bien. C'est vrai, je ne vois pas pourquoi je suis la seule à souffrir pendant que eux deux continuent à se pavaner comme si rien n'avait changé. Désolé mais **TOUT A CHANGÉ !!!!!!!!!!!!!** Il fallait y penser avant de déclencher mes sentiments. Priscilla est dans une rage de malade. Max essaie de la rassurer en lui disant que « ce sont des rumeurs ». Des rumeurs de quoi ? Non mais assume ! Tu sais bien qu'il n'y a pas de fumée sans feu ! Je suis trop déçue de la réaction de Max. Enfin, je préfère fermer ma gueule et ne pas les calculer.

« Pick me, choose me, love me. »

Grey's Anatomy

Deux semaines se sont écoulées, on est à la veille de la rentrée, je suis affalée sur le canapé en train de regarder « Les petites canailles » à la télé. On est dimanche, tout est mort le dimanche, il n'y a rien d'autre à faire. Je suis de mauvaise humeur : plus de nouvelles de Max, l'école qui reprend et mes parents qui n'arrêtent pas de me soûler !

Là, je reçois un message de Maxence :

> Tu me manques, on se voit ?

> Ça y est tu n'es plus avec elle ? Tu as enfin le temps pour moi ? Ou elle vient juste de partir de chez toi et t'as juste envie de me voir comme ça… Je te manque réellement ?

> Elle voulait pas partir et tu me manques ! Alors on se voit où ?

> Dans 10 min au parc ?

> Vas-y <3

Je ne peux pas m'empêcher d'être toute contente. Moi qui croyais que tout était fini, qu'il m'avait oubliée. Non seulement il réapparaît, mais je lui MANQUE !!!

❤️ ❤️ ❤️

Vite dans la salle de bains, un peu de gloss, un coup de brosse et je file. Sur le chemin, je cogite à fond : de quoi allons-nous parler ? Est-ce qu'il va m'embrasser ? Est-ce que je lui ai vraiment manqué ? J'essaie d'imaginer le moindre détail de ce qui va se passer et là... je le vois, il est devant moi. Il est trop beau !!!!!!!!!

Je n'ai qu'une envie c'est de courir me jeter dans ses bras et l'embrasser. Mais la moindre des choses c'est quand même d'avoir un peu de fierté ! Alors, je lui fais la bise et reste un peu froide. On commence à s'expliquer :

« Tu me manques, mais bon, toi t'auras toujours une fille pour combler tes manques. Moi, j'te connais par cœur, comme personne d'autre d'ailleurs et j'veux q'toi. Vraiment QUE toi. (Enfin... Je ne lui ai pas tout à fait dit comme ça, mais je le lui ai fait comprendre.)

- Tu me manques aussi mais c'est pas évident... Tu m'as dit tout ça trop tard. Maintenant, j'ai commencé une histoire avec elle... »

Il a l'air perdu. Je vois qu'il hésite entre nous deux mais finalement il décide de tenter avec elle. Logique, c'est plus facile, il est déjà avec. Je ne m'écroule pas.

J'ai lu dans ses yeux qu'il tenait vraiment à moi, qu'il ne m'avait pas prise en substitution. Il ne m'a pas menti, il est amoureux de nous deux.

Comme beaucoup de filles, quand on veut quelque chose, on fait tout pour l'obtenir. Alors j'ai décidé de me battre pour le récupérer entièrement. Qu'il ne soit *QU'À MOI* ! Je vais devenir le pire **CAUCHEMAR** de Priscilla. Je serai toujours entre ces deux-là. Je jure de faire en sorte que ça ne fonctionne pas entre eux. J'ai conscience que ce n'est pas correct. Mais par amour, on donne tout et on est aussi capable de tout. Même du pire ! Je vais me donner à fond.

Comment imaginer ma vie sans lui ? En plus, il vient de m'apprendre qu'il change de collège ! Il va à Grieux, sur les Hauts de Rouen. Ce qui veut dire que je ne le verrai plus chaque matin dans le bus, il ne me serrera plus chaque jour dans ses bras, et je ne pourrai plus sortir avec lui après les cours. Comment faire sans lui ? Comment faire pour le garder près de moi ???!!!!!!!

Nous avons parlé tout l'après-midi. Même si on ne s'est pas embrassés, l'avoir revu m'a fait le plus grand bien.

#determinee #diablesse

Les semaines passent et de nouveau : je n'ai plus aucune nouvelle...

EN MODE BLASÉE !

« Il me manque. C'est atroce, il me manque tellement.
C'est pas par vagues, c'est constant. Tout le temps, sans répit. »
Grey's Anatomy

Comment faire sans lui ? Comment faire s'il continue avec Priscilla ? J'appelle ça du temps perdu... Mais je sais que tôt ou tard on le rattrapera. Je n'ai plus de nouvelles... Je ne le croise même plus... je vais de plus en plus mal !!!!!!!!!!!!

Heureusement, je suis dans une classe sympa, avec pas mal de potes de l'an dernier et un emploi du temps cool. Mais ça ne suffit pas à me remonter le moral ! J'ai un manque !!!

Je me rends compte du sens de cette phrase :

« Un seul être vous manque et tout est dépeuplé. »

« Il faut beaucoup de courage pour affronter ses ennemis mais il en faut encore plus pour affronter ~~ses amis~~ *son amour.* »

J. K. Rowling

Ce mercredi après-midi, je suis invitée chez Amélie. Elle me dit que Maxence fait un concert dans un bar samedi prochain !

YESSSSSSS !!!!!! 😊

Il faut absolument qu'on y aille. Je me fous que Priscilla soit là, tout ce que je veux, c'est le revoir.

Amélie est ultra partante pour m'accompagner, mais moi, il va falloir que je trouve un plan pour me libérer car je n'ai pas le droit de sortir le soir hors de mon quartier.

En rentrant chez moi, je demande à ma mère si je peux aller dormir chez Amélie samedi soir. Elle a dit *« OUI ! »*

OUI, OUI, OUI ! Je vais enfin revoir Mon Max ! Tout ça je me le dis intérieurement parce que j'ai trop peur d'éveiller les soupçons. Si mes parents apprennent que je suis sortie le soir et dans un bar, ils me tuent !

(désolée papa, désolée maman) ☺

Enfin, le *Jour-J* arrive. Ces trois jours m'ont semblé interminables. Je n'écoutais absolument rien en cours. Il fait hyper froid alors je mets ma doudoune et des bottes. J'essaie d'être stylée

comme il aime. Je lisse mes cheveux, je me maquille légèrement, et c'est parti ! Devant le bar il y a plein de filles que je connais et à qui je tape la bise. Je sens un regard qui me fixe, et là, juste en face de moi, je croise les yeux noirs de colère de... **PRISCILLA**.
Elle n'a pas l'air d'être très contente de me voir, et ça ça me réjouit ! Je rigole avec les filles, pour lui monter encore plus les nerfs ! Maxence aussi m'a remarquée mais il n'ose pas trop me regarder...

À l'intérieur, on est plongés dans le noir dans une petite salle pleine à craquer. Il y a principalement des jeunes entre 14 et 18 ans. Les prestations de rap s'enchaînent, je ne suis pas fan mais l'ambiance est bonne. Ça y est, c'est à son tour de chanter. Il monte sur scène, il est super à l'aise et beau comme un Dieu dans sa veste noire. Je retiens mon souffle et sors mon portable pour le filmer.
À ce moment, je sens de nouveau le regard de Priscilla m'envoyer des éclairs.

Elle aussi est en train de l'enregistrer, mais apparemment c'est chasse privée ! C'est ce que tu crois, ma vieille ! Mais rien ne m'empêchera de garder un souvenir de Max, surtout pas toi ! Elle a de plus en plus le seum à mesure que la soirée avance et qu'elle voit que je fais la bise à la famille de Max (que je connais via le tennis) et rigole avec tous ses

copains. En plus, sur scène, Maxence n'arrête pas de me regarder et de me sourire.

Je vois bien qu'elle est au bord des larmes mais je n'ai aucune pitié pour elle. C'est **ELLE** qui m'a enlevé mon Maxence !

Tonnerre d'applaudissements à la fin de sa chanson. Priscilla est encore en train de me fixer, **GRRR** ! Elle commence sérieusement à me soûler celle-là ! La voilà qui s'approche et me dit : *« Vas-y, arrête de le regarder ! »* **Non**, mais elle se prend pour qui ?? Amélie a vu ma colère monter, et prend les devants avant que ça ne dégénère. Mais c'est déjà trop tard...

L'autre a enchaîné par un haineux *« ta gueule »* que je n'ai pas beaucoup apprécié... D'un coup, le ton monte, ça part sévèrement en sucette. À ce moment, Maxence arrive, la prend par le cou et lui dit : *« Viens, ça n'sert à rien... »*

TAKATAKATAKA!!!

J'ai vraiment envie de le tuer, là ! Qu'est-ce qu'il veut dire par « ça n'sert à rien » ?!! Elle m'insulte, elle crée des problèmes, on finit tous par s'embrouiller et tout ça pour qui, pour quoi ? ! Ah bah oui bien sûr : pour Monsieur Maxence !... **PFF...** Je le vois la prendre par le cou, et elle qui me regarde avec un petit sourire. Quelle petite **PESTE** ! Je lui rends son sourire, en me foutant clairement de sa gueule. Pas question de lui faire plaisir, je garde la tête haute, même si au fond de moi, j'ai mal. Je les vois repartir ensemble et je n'ai qu'une envie, c'est pleurer.

Je me sens misérable et j'aimerais me retrouver seule chez moi pour pouvoir me laisser aller. Amélie est surexcitée et veut redessiner le portrait de Priscilla façon Picasso.

> « La vengeance est un plat qui se mange froid. »
> *Proverbe*

Je reste forte, je ne montre à ma vengeance m'aide à tenir bon. OK, j'ai perdu le round, mais comme elle a décidé de jouer, on ne va pas s'arrêter là ! Elle ne va plus se la péter très longtemps. Je jure qu'elle va payer cher. Qu'elle souffrira autant que je souffre en ce moment. Pour la première fois de ma vie, je viens de comprendre le sens du mot « HAINE ». Elle est devenue mon ENNEMIE NUMÉRO UN, avec un E majuscule.

La roue tourne et bientôt c'est avec moi que Maxence sera, j'en suis certaine !

Forte, je le suis restée du début à la fin, pendant *9 mois... 45 semaines... 270 jours... soit 6 480 heures*. Je les ai comptées, justement parce qu'elles ont été les plus pénibles de toute ma vie...

Vous connaissez le proverbe : « *L'espoir fait vivre* » ??
Je suis restée debout grâce à cet espoir-là. Fermée
à toute autre personne, je ne m'intéressais à aucun
autre mec.

De retour chez Amélie, je me cale dans le canapé,
devant « Secret Story » et je me gave de bonbons et de
gâteaux. Il faut bien un peu de réconfort ! Je suis trop
en train de déprimer ! J'ai envie de tuer cette garce
de Priscilla, et à force de tant souffrir, je commence
à en vouloir à Max aussi. Je lui en veux d'avoir gâché
ma vision « merveilleuse » de l'amour. Je me sens
tellement conne de m'être attachée à lui ! C'est sûr, je
ne me laisserai plus prendre au piège. Et dire que si je
lui avais avoué mes sentiments plus tôt, nous serions
en train de savourer notre bonheur, tous les deux. Il
m'aurait aimée, autant que je l'aime, la vie aurait été
simple et belle. Comment j'ai pu tout foirer comme
ça ?... *Pourquoi ?!...*
Depuis cette soirée, les choses ont empiré.
Évidemment, plus de nouvelles de Max, je suppose
qu'elle le flique en permanence. Ça ne m'étonnerait
pas qu'elle fouille dans ses affaires et son portable,
elle est tellement possessive ! Ils m'ont tous les deux
bloqués de leur Facebook mais ce n'est pas difficile
de les retrouver à travers les 👍 J'aime et les amis
communs. Ils n'arrêtent pas de mettre des photos
d'eux. Ça me fait un mal pas possible de regarder tout

ça, mais je ne peux pas m'en empêcher. J'en pleure tous les soirs... La journée, je souris, je ne laisse rien paraître. Personne, à part mes proches, ne se doute à quel point je souffre, à quel point j'ai du mal à vivre sans lui. Je l'aime de plus en plus. Je pense à lui chaque seconde, de chaque heure, de chaque foutue journée. Le temps, la distance ni même cette garce ne parviennent à me le faire oublier.

Plus le temps passe, plus je me dis qu'il faut que je me batte pour le récupérer...

« L'avenir me déprime parce que je n'y vois aucune amélioration. »

Revenge

Aucune nouvelle, absolument **RIEN** pendant plus d'un mois. Je ne perds pourtant pas espoir, car comme on dit : « *Pas de nouvelles, bonnes nouvelles !* » Puis, je me connecte avec le compte Facebook d'une copine et je vois :

Informations

Situation amoureuse :
Fiancé à

« **MAXENCE EST FIANCÉ.** » **!!!!!!!!!!!!!!!! FIANCÉ ?** Comment ça, Fiancé ? !!!

... Là, j'ai senti que tout s'écroulait de nouveau. Tout. Moi, le monde, absolument tout. Je me suis mise à pleurer. Et la seule chose que j'ai pu faire, c'est d'écrire ce texte, en larmes :

Je ne lui ai jamais donné cette lettre. À quoi bon ?
Le temps passe et malgré tout, je perds espoir. Son histoire
avec Priscilla dure encore et j'ignore comment faire pour le
retrouver. Sans lui, les aliments n'ont plus le même goût,
les roses ne sont plus rouges, mais noires. Soudain, la vie
redevient la vie terne « d'avant lui ». **Sauf que...**

15 ans fiancés ? Vous êtes jeunes et inconscients, voilà ce que j'ai d'abord pensé. Ensuite j'aurais dû être contente pour toi. Mais bon, j'ai été naïve de croire que je passerai toujours en première.
S'il te plaît regarde-moi, ne m'oublie pas, je suis là. Nos promesses tu t'en souviens ? Et de nos soirées ? Apparemment elle a tout balayé, enfin tout gâché.
Tous mes rêves se sont envolés. Je n'arrive pas à ne pas penser une seule seconde à toi. Alors je t'ai menti, je vous ai souhaité plein de bonheur. Mais je ne l'ai pas pensé une seule seconde. Depuis que tu es avec elle je ne te reconnais pas, tu n'es plus le même. MON Maxence d'avant me manque.

> « La roue tourne, chacun aura sa chance tôt ou tard. »
>
> *top-citations.com*

Sauf que, aujourd'hui est un autre jour. Je viens de recevoir un max de messages de… mes amis. Et tous disaient la même chose :

Maxence n'est plus avec Priscilla !!

Un saut sur Facebook pour vérifier et en effet je vois qu'il est passé de :

En couple

à :

Maxence Sproule est célibataire.

 J'aime · Commenter · Il y a 5 minutes

YESSSSSSSSSSSS !!!!!!!!!!

Le retrouver ? Lui pardonner ? Bien entendu, j'attends ça depuis des jours, des semaines, des mois même, mais…

Attention de ne pas s'emballer trop vite, ça fait 100 fois qu'ils se quittent et se remettent ensemble, donc là c'est peut-être seulement une énième fois de plus ! N'empêche, je suis trop contente !!!!!!!!!
Ça y est, la roue tourne...

« Pas à pas on va bien loin. »

Proverbe

Épisode 1 : « Si tu m'apprécies dis-le-moi »
LesBeauxProverbes.com

Je viens de recevoir une demande d'ajout d'amis de « Maxx Compteperso ». Sûrement encore quelqu'un qui se fait passer pour Max. Depuis quelque temps, sa musique tourne pas mal sur YouTube et il y a de plus en plus de monde qui se fait passer pour lui sur Facebook. Pour en avoir le cœur net, je lui envoie un texto : (dans tous les cas, ça me donne une bonne occasion pour reprendre contact en douceur !)

Maxx Compteperso, c'est bien toi ?

Oui !

Cool, il n'est plus avec l'autre garce, on repart de zéro, avec un nouveau compte Facebook. Je le sens ce coup-ci c'est ma chance !

Je reçois une notification :

« Maxx Compteperso a commenté votre photo de profil »

C'est la photo que j'ai prise avec Eléonore hier avant de prendre le bus.

Il a écrit : *« T'es belle ! »*
Aaaaaaaaaah ! Instant de FOLIE ! Aaaaaah ! Je préviens immédiatement ma copine Eléonore et lui explique tout. Elle connaît bien Max, ils ont été dans la même classe.

Cinq minutes après avoir raccroché mon téléphone sonne, c'est...

... *Maxence !!!* Il m'appelle pour genre « me faire écouter son nouveau son ». Au final, on a discuté pendant des heures, c'était trop cool ! C'était juste... comme avant ! En fait, ça me soûle un peu qu'il revienne de cette façon, sans s'expliquer, comme si on s'était vus hier. Je ne sais pas si c'est moi qui complique tout, mais je n'ai pas eu de nouvelles pendant des mois et des mois. Il ne se souciait même pas de savoir si j'étais encore en vie, et là il revient style de rien. Mais moi j'ai besoin de parler de tout ça, de la souffrance que j'ai dû supporter ! Je n'ai pas osé aborder le sujet. J'ai eu trop peur de tout foutre en l'air. Imaginez le topo, le gars revient et direct je l'enchaîne avec des reproches, non, c'est obligé c'est un coup à le perdre pour de bon !

Épisode 2 : « Si je te manque montre-le-moi »

Je suis chez Eléonore, ce soir je dors chez elle. Vu qu'elle est pote avec Maxence, on s'est arrangé pour inviter Max à passer la soirée avec nous, sans le prévenir que je serais là aussi. Ça va être notre grande soirée de retrouvailles ! Enfin, j'espère...

Du coup, les préparatifs commencent : aidée par Eléonore, je fais un défilé pour choisir *LA* tenue parfaite, puis elle me lisse les cheveux, rajuste mon gloss, etc. Ah ! Horreur, j'ai un vieux bouton tout rouge sur la tempe. Plus le temps, on est déjà à la bourre. Bon, je ne suis pas trop mal ! Qu'est-ce que vous en pensez ?

Si je fais attention de ne pas mettre mes cheveux derrière les oreilles, j'espère lui plaire...

Ça y est, il arrive... Il est trop beau ! Il a une veste bleue qui fait ressortir ses beaux yeux. En un rien de temps, je retombe folle amoureuse de lui ! À moins que je n'ai jamais cessé de l'être ? !

Il n'a même pas l'air étonné de me voir, mais content. Il me dit : « T'es belle comme ça, avec tes cheveux lissés et tout... » J'affiche un large sourire. Mes efforts ont payé ! Je le regarde de haut en bas et il est parfait de la tête aux pieds. Son sourire, ses yeux... *TOUT* ! Je le trouve magnifique.

On discute tous les trois et il me tient la main. C'est trop bon de sentir sa peau contre la mienne. Je suis vraiment folle de lui.

Puis il me dit : *« Fais-moi un câlin... »*

Je lui réponds : *« Non toi, viens ! »*

Il me serre fort dans ses bras, comme avant. Tous mes souvenirs enfouis refont surface. D'un coup, d'un seul, comme si rien de toutes ces peines n'était jamais arrivé.

Malgré ça, voilà ce que j'ai envie de lui dire :

« On a changé. On n'est plus les mêmes. On s'est éloignés, on a souffert pour des trucs qui n'en valaient vraiment pas la peine. On pourrait prendre le temps de nous dire, qu'on est dix fois plus fort que ça. On se détruit à coups de mots qui font mal, à coups de phrases bien tranchantes. Tout ça, tu vois, je ne le supporte plus. Je sature. Je n'ai pas envie d'une pause, une pause qui fait plus de mal que de bien. Toi et moi, Maxence, avant ce n'était pas comme ça. Pas du tout. Il n'y avait que nous deux qui comptaient. Et le voilà notre nouveau quotidien ? On se réconcilie aussi vite qu'on s'engueule ? Non, moi je ne peux plus gérer ça. Je ne veux pas que ça devienne une habitude. »

Même si c'est dur, je réussis finalement à lui dire petit à petit ce que j'ai sur le cœur. Je lui pardonne aussi vite que lui m'a oubliée. Malheureusement, ou pas, je ne sais pas trop. Parfois, il faut savoir mettre sa fierté de côté plutôt que de perdre la personne que l'on aime.

Il veut tout recommencer depuis le départ. Une mise à zéro. Nous prenons une photo ensemble que nous postons sur Facebook.

Maxence est reparti chez lui après m'avoir serrée dans ses bras. Il m'a répété que je lui avais terriblement manqué, et qu'il voulait me revoir le plus vite possible. J'ai tant attendu ce moment où il se décide enfin, où il ouvre les yeux sur nous deux, sur cette évidence. Je me sens revivre et j'éprouve un bonheur sans limites.

La mère d'Eléonore n'est pas là demain soir alors on a décidé de finir la soirée chez elle avec Max et Jérémy, un autre pote à nous. Je crois qu'Eléonore avait peur de tenir la chandelle...

Mais pour l'instant, j'accompagne Maxence à son concert. Il chante dans le sous-sol de « l'Highlander », un bar rouennais près des quais de Seine. C'est une toute petite pièce sans lumière, une estrade avec un micro ont été installés pour les rappeurs. C'est plein à craquer, il fait une chaleur de dingue ! Il y a une petite dizaine de chanteurs qui font le show, c'est super cool ! Max fait deux passages réussis, j'adore le voir sur scène !!! On sent qu'il prend trop de plaisir ! Ensuite, on rejoint son grand-frère qui nous dépose à Bihorel chez Eléonore.

Évidemment je suis de super bonne humeur ! Max est à mes côtés toute la soirée. On passe une excellente soirée, merci, merci, merci Eléonore pour cette soirée, qui restera inoubliable ! On s'endort tous les quatre dans le même lit. On est tout serrés, on ne dort pas super bien mais c'est terrible.

Les gars sont partis tôt ce matin car la mère d'Eléonore pouvait arriver d'une minute à l'autre et elle ne savait pas qu'ils étaient là. Max m'a fait un gros bisou sur la joue et il est parti. Trop mignon ! Sauf que j'avais une tête de folle, encore à moitié endormie, les cheveux tout ébouriffés !

Vingt minutes après le départ de Max je reçois :

T une très bonne amie sache-le, t'avoir retrouvée me fait du bien… Mais j'commence vraiment à m'attacher bcp à toi <333

Je suis hystérique, je crie dans toute la baraque, appelle Eléonore pour lui montrer et tout et tout… *Ahhhhhhhhhhhh !* Je suis trop heureuse ! La journée s'annonce bien !

Alors je lui réponds :

Tu sais déjà c'que j'pense, je t'aime depuis toujours, même si on a eu des hauts et des bas… Ce n'est pas pour rien si on se retrouve chaque fois. On a peut-être quelque chose à vivre ensemble

On a rendez-vous cet après-midi dans le champ. J'ai trop hâte !

> « L'amour triomphe de tout. »
>
> *Virgile*

Il est tranquillement posé sur un banc. Je me rapproche lentement de lui, le sourire aux lèvres, et le cœur battant. Plus j'avance pour le retrouver, plus je sens mon ventre se tordre, je ressens un mélange de peur et de joie. Je n'ai jamais ressenti ça auparavant quand on se retrouvait. Mais là, tout est différent. Je sais que le moment est important, qu'il restera gravé dans ma mémoire. Je suis anxieuse car je l'aime et j'ai peur que mon bonheur retrouvé puisse m'échapper à nouveau. Mais, ça y est je suis face à lui. Il me fait la bise. Je l'ai retrouvé, il ne va pas s'enfuir.

Je me souviens avoir pensé :

« Il paraît que l'Amour, c'est un truc dangereux. Il paraît que ça peut faire mal, il paraît qu'il y en a certains qui en crèvent. Mais moi j'ai envie d'y croire. Il paraît que ça rend heureux et que jusqu'ici personne n'a rien trouvé de mieux. J'y crois fort en toi et moi. »

Je n'ai plus peur d'affronter ce danger, pour le retrouver. Je suis vraiment prête à tout.

Le temps passe, nous discutons. Je n'ose pas faire l'idiote car nous venons à peine de nous retrouver et je me sens maladroite. Il me fait des câlins, m'enlace tendrement… Je suis si bien… De fil en aiguille, un bisou sur la joue par-ci, un bisou par-là… Nous avons fini par nous embrasser *VRAIMENT !* Pour être exact, *JE* l'ai embrassé. Il a eu l'air tout surpris, mais agréablement ! Hier il m'avait vaguement fait comprendre qu'il adorerait que je fasse le premier pas. C'est chose faite ! Il m'embrasse et m'embrasse, encore et encore... Je suis *AUX ANGES !!!* La fille la plus heureuse de la planète.

Ce 9 mai 2012 est le plus beau jour de ma vie...

Le premier de tant d'autres par la suite. Car depuis cette date, nous sommes inséparables. Mais surtout, fous amoureux...

« L'amour n'est pas écrit sur papier, car il peut être effacé ; L'amour n'est pas gravé sur la pierre, car elle peut être brisée ; L'amour est inscrit sur le cœur et là, il restera à jamais. »

« Dans la vie parfois il faut pleurer toutes les larmes de notre cœur pour enfin y trouver un sourire. »

« Quand je t'ai vu, j'ai eu peur de te rencontrer. Quand je t'ai rencontré, j'ai eu peur de t'embrasser. Quand je t'ai embrassé, j'ai eu peur de t'aimer. Maintenant que je t'aime, j'ai peur de te perdre. »

« Je t'aime pour tout ce que tu es, tout ce que tu as été et tout ce que tu seras. »

« On n'avait pas besoin de mots pour se dire qu'on s'apprécie, mais pas assez pour se dire à quel point on s'aimait. »

« Tu rencontres des centaines de personnes et aucune d'entre elles ne réussit à te toucher. Tu en rencontres une seule et ta vie change pour toujours. »

« Certaines personnes nous font rire un peu plus fort, rendent nos sourires un peu plus vrais et rendent nos vies un peu mieux. »

« Toi t'as eu plein de filles, plein d'aventures. Moi je n'en ai jamais voulu jusqu'à toi. C'est toi. C'est comme une évidence. »

« Parfois, tu rencontres une personne avec qui tu te connectes facilement. Tu es confortable avec elle et tu n'as pas à prétendre être quelqu'un d'autre. »

« L'amour n'a pas à être parfait, il a juste besoin d'être vrai. »

« J'ai connu la douleur de te perdre, mais elle n'est rien comparée au bonheur de t'avoir retrouvé. »

« La magie de l'amour, c'est ignorer qu'il puisse finir un jour. »

Toutes ces citations me parlent. Elles représentent ce que j'ai vécu avec Max. Il est difficile de résumer cette période magique. C'était le bonheur au quotidien. J'avais atteint ce que je souhaitais le plus au monde, être avec Maxence, et pourtant, il dépassait encore toutes mes espérances. On passait tout notre temps ensemble, on a tout découvert à deux. Ce fut la plus belle période de ma vie. On s'aimait et tout nous souriait. Je ne peux pas vous raconter au jour le jour notre relation mais...

... voilà une chronologie des MOMENTS LES PLUS INTENSES de notre histoire :

Concours T'M chanter de Bois-Guillaume

\\\(\\\

13 mai 2012

La mère de Maxence l'a inscrit à un concours de chant à Bois-Guillaume qui s'appelle « T'M chanter ». Max n'a pas du tout envie d'y aller. Il a déjà eu deux répèt', et ça s'est plutôt mal passé... Quand il n'est pas motivé, ce n'est même pas la peine, il ne fait aucun effort ! C'est un peu la **GUERRE** depuis quelques jours avec sa mère, il n'a même pas envie de se présenter. Ce qui l'énerve c'est qu'il n'a que des anciennes musiques donc il a peur que les gens trouvent ça nul. Il va chanter *« Ma vie est un échec, maman »*, une chanson sur les mères, le mal être, etc. Moi, je la trouve très belle cette chanson. Les paroles sont vraiment touchantes mais Max ne l'aime plus trop en ce moment. Dès qu'il entame une autre musique, il a du mal à trouver ses anciens sons cool. En même temps il évolue super vite, il progresse carrément alors forcément ce qu'il a fait, même si ça ne date que de quelques mois ça ne lui plaît plus trop.

Je ne suis pas venue l'écouter. Ça fait même pas une semaine qu'on est ensemble et il y a toute sa famille : ses parents, son frère, sa sœur et ses neveux. En plus, ils pensent qu'on est que *« amis »* donc je ne me voyais

126

pas trop me pointer... Max m'a dit qu'au final, une fois sur scène ça s'est bien passé. Il a pris du plaisir à chanter devant du monde (la salle était pleine) et il a fini 4e. Il est content, il a gagné 12 cours de chant avec une prof ! J'ai vu une petite vidéo, il était bien à l'aise, il a fait un petit speech dans lequel il dédicaçait la chanson à sa mère, c'était *trop mignon*. Évidemment, elle a... versé une petite larme ! :-)

Notre première fois

❋❋❋❋❋❋❋❋❋

Comme toutes les filles (je pense) j'avais peur que ce jour arrive, de passer de *petite fille* à *FEMME*. Rien que d'imaginer lorsqu'on en parlait entre copines, ça me faisait flipper ! Je n'avais pas envie d'avoir mal, et puis je stressais de ne pas savoir faire ce qu'il faut, de passer pour une mongole, etc. J'avais beau lire les articles du style : *« 12 CONSEILS POUR FAIRE L'AMOUR »* ou *« COMMENT RÉUSSIR SA PREMIÈRE FOIS ? »*, je ne me sentais toujours pas rassurée...

On en entend tellement parler que je m'attendais à une explosion, un changement de malade ou je ne sais quoi !

En réalité, c'est arrivé le plus naturellement du monde : J'étais bien dans les bras de Max. Je n'ai pas eu peur. Je ne pensais qu'à lui et à rien d'autre. Je crois qu'il n'y a pas d'âge pour passer à l'acte, il faut seulement être prête et avoir confiance en la personne avec qui on le fait. Moi c'est ce qui m'est arrivé ! Je savais que je pouvais faire confiance à Max et j'en avais envie, alors... ça c'est fait tout simplement ! Je suis heureuse que ce soit mon premier !

En fait c'est bizarre, c'est comme si ça n'avait rien changé et en même temps comme si ça avait tout changé. C'est compliqué à expliquer...

On a passé un nouveau cap ensemble et ça nous a juste rendus encore plus proches, encore plus dingues l'un de l'autre !!!

❤️ ❤️ ❤️

Un amour de jeunesse - Lyrics

♡ ♡ ♡♡ ♡ ♡ ♡ ♡♡ ♡ ♡ ♡

11 juin 2012

Maxence vient de sortir les paroles de « Un amour de jeunesse » sur YouTube et… ça marche à mort !!! *NOTRE HISTOIRE* qui fait le « buzz », c'est un truc de fou ! En même temps, logique que ça parle aux gens, car c'est la vérité, *NOTRE VIE !*

Je me souviens, Maxence a écrit cette chanson d'une traite, en une heure ! Ç'a été très facile pour lui, car il s'est totalement inspiré de sa vie, de *NOUS*. On venait juste de se retrouver, *ENFIN*… et *pour de bon* ! Il m'a avoué un peu plus tard qu'il avait écrit cette chanson pour moi, un peu comme une lettre de pardon.

Maxence m'avait prévenue qu'il avait une surprise pour moi. Autour de moi, tout le monde, tous mes potes semblaient au courant de la *« SURPRISE »*, mais personne n'a rien lâché. Maxence non plus ne me disait rien. Pourtant, comme je ne suis pas, *MAIS ALORS PAS DU TOUT* patiente, je n'arrêtais pas de lui demander un indice ! J'étais loin de me douter que c'était une chanson qui raconte notre histoire entière en quatre minutes. C'est tellement beau ! Du début de l'écriture jusqu'à la fin de l'enregistrement, je n'ai rien vu !!!

Et puis, alors que j'étais partie en week-end au Havre chez des amis, Maxence m'envoie un SMS :

> Tu me manques, tu veux ta surprise ?

Alors sans hésiter j'ai répondu :

> Ouiiii je veux savoir !

> Regarde dans ta boîte mail

Je jette un coup d'œil et je télécharge le lien qui est avec, en me disant mais *C'EST QUOI ÇA... ??*

MA2X – Un amour de jeunesse... (3 492 ko)

Un amour de jeunesse... Je me mets à écouter, et au bout de trente secondes, je suis déjà en larmes ! Mes larmes coulent, coulent, je ne contrôle rien. Chaque parole prononcée me touche et me fait revivre plein de souvenirs.

Ton copain qui fait une chanson pour toi, je crois bien que c'est *le plus beau des cadeaux* et *la plus belle preuve d'amour* qu'on puisse faire à sa copine.

Ensuite je l'ai eu au téléphone, il m'a demandé si j'avais aimé. J'étais incapable de parler tellement je pleurais. J'ai seulement réussi à lui dire :

« Merci beaucoup, je t'aime de toutes mes forces. »

J'ignore ce que l'avenir me réserve mais je sais que tout ça restera inoubliable !

Tu es belle, attirante et charmante,
les mois passent
et tu fais plus attention à moi,
Dans mes pensées tu me hantes
pourtant
j'suis là mais tu m'regardes pas,
e crois qu'je t'aime, mais j'te l'dirai pas
arfois tu te rapproches mais parfois t
t'éloignes,

Pour la version lyrics d'« Un amour de jeunesse » :

web

Fête de la musique
♫ ♪♫ ♫ ♪♫ ♪♪ ♫ ♪ ♪
21 juin 2012

Ce soir c'est la Fête de la musique. Je suis un peu **BLASÉE**, Max chante mais je ne serai pas là. Ça tombe exactement pendant mon entraînement de danse. En plus, je ne peux pas louper, c'est la dernière répèt' avant mon gala. J'ai mon spectacle samedi prochain. Du réveil jusqu'à ce qu'on se couche, j'entends :

♫ *UN AMOUR DE JEUNESSE, UN AMOUR SI FORT, MAIS UN AMOUR QUI NOUS BLESSE* ♫

Partout, tout le temps !! J'aurais trop aimé être là pour l'entendre chanter en live...

On a passé la journée ensemble, je l'ai aidé à s'entraîner sur ses deux chansons « Rappelle-toi » et « Un amour de jeunesse ».

Il est 21 heures et pendant que je suis sur scène, Max est... également sur scène ! Camille est là-bas, elle m'a promis de tout me raconter et de prendre des photos.

Ça s'est passé dans le parc de l'Argilière à Bihorel et apparemment il y avait la dose de monde notamment : Maxime, Eléonore, etc. Bref, beaucoup de personnes qui étaient avec nous au collège ! Et évidemment ses parents et ses potes. Il a chanté ses deux sons, il a eu un tonnerre d'applaudissements.

Les gens voulaient qu'il continue à chanter mais ce n'était pas possible, le programme n'était pas prévu comme ça ! En tout cas, Max a assuré et a pris trop de plaisir. Quand je l'ai retrouvé, il était dingue, il avait envie de refaire de la scène au plus vite !

Petite photo de Max sur scène

Concours "Juillet aux chants" à Rouen

14 juillet 2012

Je suis encore à Bihorel, en repas de famille avec mes grands-parents. Max n'arrête pas de me harceler de messages :

Tu fais quoi ?

Tes où ?

Magne-toi je passe bientôt !!!

Il a son concours « Juillet aux chants », un autre concours de chant auquel il a été inscrit. Il est déjà sur place à la Halle aux Toiles à Rouen. Du coup, je me presse, je me presse pour le rejoindre...
J'arrive enfin ! J'ai tout juste le temps de dire bonjour à sa famille, et de me poser pour regarder un autre participant, que l'on entend :

« MA2X »

Je lui lance : *« Dépêche, c'est ton tour ! »* et *« T'es le meilleur ! »*

Sa mère et son père l'encouragent eux aussi.

Sur scène il chante « Ma vie est un échec, maman », le même son qu'il a chanté lors du précédent concours il y a deux mois.

Son père le filme et moi j'écoute, je suis trop à fond ! Qu'est-ce qu'il chante bien ! ❤️ Je vois sa mère, qui est à côté de moi s'essuyer les yeux. Ça me donne encore plus le *frisson*. Toutes les mamans ont l'air touchées, pourtant, le public est un peu âgé. Dans les participants, personne ne fait du rap comme Max.

Vient l'heure des remises des prix. Ça défile, ça défile... Et on entend :

« LE DEUXIÈME PRIX EST UN SYNTHÉTISEUR DESTINÉ À CE JEUNE TALENT QUI A SÉDUIT LE JURY : MA2X ! ON TIENT À LUI DÉCERNER UN PRIX SPÉCIAL D'ENCOURAGEMENT. »

Plusieurs membres du jury sont venus le féliciter, même la maire de Rouen, Valérie Fourneyron, lui a dit de poursuivre et ne pas lâcher !

Ses parents et moi, on est tout contents et au final lui aussi alors qu'il ne voulait pas participer. Je suis *tellement fière* de lui...

Clip "Rappelle-toi"

juillet 2012

Ça fait déjà deux mois qu'on est ensemble, on est vraiment inséparables ! Max m'a demandé de tourner dans son clip. Il n'imagine vraiment personne d'autre que moi pour jouer !

Un jour qu'on était tous les deux chez lui en train de bronzer, il m'a demandé :

« Ça t'dit qu'on fasse le clip "Rappelle toi" ensemble ? »

Sans hésiter j'ai accepté ! Mais plus le moment de tourner se rapproche et plus j'ai peur de ne pas gérer avec la caméra ou même d'être trop timide...

Il y a un mois, Max a participé à un concours sur Internet, organisé par les studios Le Mur du son. Il a balancé un son et les gens ont voté en masse pour sa chanson. Mais un peu avant la fin des résultats, l'équipe l'a contacté. En fait, il n'a pas pu gagner car il n'est pas majeur. Il avait trop les nerfs car à la clé il y avait un clip à gagner. Comme il était quand même largement en tête, ils lui ont proposé de lui faire un prix s'il faisait un clip chez eux. C'est comme ça qu'on a décidé de tourner avec eux.

DEUX SEMAINES PLUS TARD :

On est à Paris pour le tournage. On est partis ce matin à 8 heures, fatigués mais tout excités, en direction du Trocadéro, pour rencontrer le cameraman.

Hier, Maxence m'a dit :

« Fais-toi toute belle, prends des bonnes affaires, fais-toi de beaux ongles, etc. »

J'ai dormi chez lui et il m'a demandé des conseils sur sa façon de s'habiller, s'il devait aller chez le coiffeur, s'il était bien rasé… Comme toujours, il voulait être parfait !

Là, on vient de revoir le scénario avec le caméraman, il nous a expliqué comment et où les scènes allaient se passer ! Et hop, *c'est parti !!!*

Au début, je suis toute gênée, ce n'est pas facile de jouer un rôle devant une caméra. Puis, avec le temps, ça passe, on se lâche plus. On enchaîne les spots : du bateau-mouche à la tour Eiffel, en passant par le métro et bien sûr le pont des amoureux ! On clip toute la journée jusqu'à 22 heures ! Dans la voiture du retour on est K.-O. mais fiers de nous. C'était une très bonne journée, tout s'est bien déroulé. On a hâte de voir le résultat !!!

UNE SEMAINE PLUS TARD :

Je suis sur la route pour aller chez Max et il m'envoie :

> Je viens de recevoir le clip !!!!!
> Il est trop bien ahah <3

Du coup, j'accélère, j'ai trop envie de voir ça ! Je dis bonjour à tout le monde. Et Max tout aussi impatient que moi me dit :

« Viiiite viens voir !! »

Le clip tourne, J'ADORE !!!

Je dis à Maxence : « Tu vois la dernière scène dans le métro quand je regarde la caméra et que j'ai les yeux qui brillent ? J'ai fait ce que le cameraman m'a dit, j'ai pensé au moment où on s'est retrouvés. »

Là, Maxence fond en larmes... Je lui fais un câlin et je lui demande : « Qu'est-ce que t'as ? »

Il me dit : « J'suis désolé pour tout le mal que je t'ai fait, je regrette tellement, j'sais qu'en fait c'est toi depuis le début... »

Je le serre fort dans mes bras, ça fait longtemps qu'il est excusé ! On re-regarde deux, trois fois le clip ensemble, il a les larmes aux yeux surtout sur la scène de la fin.

Il me dit *« Ça se voit tellement dans tes yeux que tu es sincère... »* Je lui réponds : *« Évidemment, je t'aime. »* En visionnant ce clip je suis tellement fière de nous, de lui.

Pour visionner le clip « Rappelle-toi » :

web

Clip "Un amour de jeunesse"

octobre 2012

Les parents de Maxence on fait appel au même cameraman qui avait filmé « Rappelle-toi ». Il nous a envoyé les scénarios et les lieux. Ce coup-ci ça va se passer à Rouen, dans tous les lieux de notre rencontre, alors on connaît bien ! Évidemment, on tourne ensemble. On ne s'est même pas posé la question. Je n'aurais pas aimé que quelqu'un joue mon rôle !

Hier, j'ai dormi chez Max, on a tout bien préparé, on a trop hâte ! Je suis encore plus motivée que pour le dernier clip car là, c'est *« NOTRE »* histoire qu'on va jouer en mode réel.

On tourne la première scène à la fac de Rouen dans une salle de classe pleine de jeunes avec un prof, genre on est en cours, car Max et moi on s'est rencontrés au collège.

Max a mis un message sur son Facebook pour trouver les « élèves » :

« Tous les gens (rouennais) qui seraient dispo pour être figurants dans l'un de mes prochains clips venez en privé. »

Il y avait beaucoup de nos amis et il a sélectionné quelques personnes en plus. Et pour le prof, le père de Maxence nous a aidés à trouver quelqu'un qui est réellement prof !

La deuxième prise se fait dans *notre parc* à Bihorel, Maxence a ramené une amie de son premier collège pour jouer le rôle de Priscilla. Je ne la connais pas. Maxence me dit : *« C'est comme ma cousine »*, alors ma première réaction c'est :

« Non mais ce n'est pas ta vraie cousine alors ça sert à rien de faire croire des trucs comme ça. » Ahah !

#TEAMPOSSESSIVE

Ensuite ils tournent la scène tous les deux et je vous avoue qu'à ce moment, je suis bien jalouse !! C'est la première fois que je vois Max aussi proche d'une autre fille. D'ailleurs, lui aussi se sent mal car il me dit :

« Regarde pas s't'plaît ! » Ahah ! Trop mignon mon petit amour !

Le clip s'est terminé vers 20 heures, on était tous très fatigués, les parents de Maxence qui nous ont suivis toute la journée, le caméraman, Max et moi. Dire que pour un clip, on a tourné une journée entière ! Une journée pour une vidéo qui, au final ne dure que

4 minutes ! On reçoit le clip dans 8-10 jours, trop trop hâte !!!!

Ça y est, on vient de nous envoyer le clip, je me demande s'il est mieux ou moins bien que « Rappelle-toi ». J'ai joué les scènes mais j'ai du mal à imaginer ce que ça peut rendre !

VERDICT :

J'ai les larmes aux yeux, c'est vraiment touchant de nous voir rejouer notre histoire ! Et surtout je réalise que, finalement, je ne me suis pas battue pour rien, je ne regrette rien. Je suis tellement fière de nous, de notre couple, et surtout de notre histoire !!!!

Ce clip, ainsi que celui de « Rappelle-toi » sont des bonnes expériences et surtout des souvenirs qu'on gardera gravés à jamais dans nos mémoires...

Pour visionner le clip « *Un amour de jeunesse* » :

web

Notre plus grosse dispute

Ça fait six mois que nous sommes ensemble. Six mois de pur bonheur, de pure complicité, etc... Mais en ce moment je ne sais pas ce qui se passe, **RIEN NE VA PLUS** ! Maxence s'éloigne sans raison. Je n'arrive pas à lui parler sans qu'il ne se renferme et j'ai trop l'impression de ne pas exister. J'ai une boule au ventre. Je ne sais pas quoi faire. J'ai le sentiment qu'il commence à se lasser ou peut-être que je me fais des films, qu'il ne va pas très bien et que ça va lui passer. Aucune idée, mais ça dure depuis une dizaine de jours déjà...

Je suis perdue. Maxence est de plus en plus distant. J'ai l'impression que c'est moi qui fais tous les efforts pour que ça marche. Il ne fait plus attention à moi. J'en parle beaucoup avec Romain. On s'est rencontrés sur Facebook et on n'arrête pas de se parler en ligne ou par textos. On parle essentiellement de Maxence. Ça me fait du bien d'avoir quelqu'un qui me comprend, qui m'écoute. On devient de plus en plus proches.

Avec Maxence on n'arrête pas de s'engueuler. Dès qu'on s'adresse la parole plus de 30 secondes, c'est pour se traiter. J'en ai trop marre. Je l'aime, mais je commence à avoir des doutes sur notre relation. Max est jaloux. Il commence à sentir qu'il est en train de me perdre.

Hier, on s'est encore pris la tête sauf que là... ça a mal fini...

Sur le coup de l'énervement, Maxence me regarde et me dit, ce soir, je suis **CÉLIBATAIRE**. Je me mets à pleurer, après tout ce que j'ai fait pour le récupérer... je suis dégoûtée... ! Je lui dis qu'il faut que j'y aille, j'ai mon bus dans cinq minutes. Là, contre toute attente, il m'embrasse, me dit qu'il m'aime. Je ne comprends rien !! Qu'est-ce que ça veut dire ??? Il me dit qu'il m'aime alors que deux secondes plus tôt, il veut tout arrêter ! Je n'y comprends rien de rien !

Pourtant, une fois rentrée chez moi, je vois sur Facebook qu'il a remis son statut de « célibataire ». Au moins, maintenant, c'est clair. **C'EST FINI !!** C'est pas possible, je n'arrive pas à y croire ! C'est n'importe quoi. Je ne sais même pas pourquoi nous nous sommes quittés ! Je passe ma soirée à sangloter...

.

.

.

.

3 jours plus tard :

Je ne crois pas que ce soit une bonne décision. Je ne vais pas bien du tout !!! Je n'arrête pas de pleurer. Romain me réconforte et aussi me monte la tête. Il répète sans cesse que Max ne me mérite pas, qu'il agit mal.

.

.

.

5 jours plus tard :

Maxence regrette, il ne va pas bien non plus et veut qu'on se remette ensemble mais c'est trop tard, il a fait son choix...

.

.

.

6 jours plus tard :

Maxence me manque trop !!! J'aurais dû lui dire qu'on se remettait ensemble ! En même temps, je ne suis pas une marionnette qu'on prend et qu'on jette !

.

.

.

8 jours plus tard :

Romain insiste pour qu'on se voie, je finis par accepter. Dès que je l'ai en face de moi, j'ai un déclic. Je me demande ce que je fous là, je ne me vois avec personne d'autre que Max... Il Faut que j'appelle *MON* Maxence. *IL LE FAUT !* Je plante Romain là, et je cours chez Max. On se revoit, on parle, on s'explique et depuis cette histoire on s'est rendu compte que l'un sans l'autre, nous ne pouvions pas aller très loin ! Tout se remet dans l'ordre mais depuis qu'on est ensemble ç'a été notre plus **HORRIBLE PÉRIODE**.

On s'aime tellement que l'on pardonne l'impardonnable, puis surtout on ne sépare pas l'inséparable !

Le Téléthon

★ ★ ★ ★ ★ ★ ★ ★ ★

7 décembre 2012

Martine, la mère de Max, l'a inscrit pour chanter au Téléthon, au foyer municipal de Bihorel. Un article est sorti dans le journal local pour annoncer la soirée et au dernier moment (même pas 1 heure avant de partir), Max a mis un post sur sa page Facebook pour prévenir ses fans. En fait, il n'est pas super emballé car il ne sait pas du tout comment ça va se passer. Il n'y a pas eu de répèt' pour faire les réglages son, c'est

BOIS-GUILLAUME-BIHOREL | Le Bulletin Mardi 13 novembre 2012 | **17**

BOIS-GUILLAUME-BIHOREL... MUSIQUE

Une actualité très riche pour Ma2x

Le rappeur Ma2x ne manque pas de projets ! Pour ceux qui n'ont pas encore découvert ses clips diffusés sur le Net, il sera possible de l'entendre le 7 décembre prochain, au profit du Téléthon.

Maxence Sproule est âgé de 16 ans et interprète des chansons de style Rap/Rn'b sous le pseudonyme Ma2x. Son dernier clip « *Un Amour de jeunesse* », actuellement visible sur Youtube et réalisé à Rouen il y a un mois, a déjà été vu 500 000 fois. Ce clip est aussi visible sur sa page Facebook Ma2x officiel. Les fans de Ma2x en avaient déjà eu un avant-goût voici 4 mois.

Ma2x connaît une popularité croissante sur la toile puisqu'actuellement 90 000 fans sont répertoriés sur sa page Facebook. Les personnes intéressées par son style musical peuvent aussi s'abonner sur sa page Youtube Ma2xprod.

Projet : élargir son public

Ma2x travaille actuellement sur de nombreux projets avec son manager, dont une mixtape et un CD de 10 titres dont 5 inédits, intitulé « Premier envoi ». Celui-ci devrait sortir courant janvier 2013 dans tous les bacs, en téléchargement sur les sites légaux et en écoute. Il travaille aussi sur un autre projet consistant à chanter sur une compilation de Rap Love où

il sera présent avec 2 titres. Ses chansons actuelles touchent, jusqu'à maintenant, en majorité des adolescents âgés de 12 à 18 ans. Ma2x veut donc élargir son public avec ses différents projets tout en gardant celui qui le suit actuellement. Il travaillera sur d'autres projets après la mixtape tels que des « featuring » (duos). D'autres clips sont en cours de réalisation. Ma2x sortira le clip « Elle » en ligne (semaine du 12 novembre), chanson interprétée avec Alexy Large, auteur compositeur.

Ma2x chantera au profit du Téléthon le 7 décembre prochain avec 2 chansons au Foyer municipal de Bihorel le même jour que d'autres personnes ayant participé au dernier Radio Crochet.

Ma2x aimerait toucher bientôt un public plus large. Ses prochaines créations devraient l'y aider à peine s'il sait à quelle heure il passe ! Mais bon, il est toujours partant pour faire une scène et surtout si c'est au profit du Téléthon !

Juste avant d'y aller, il commence à stresser à fond à cause du manque d'infos et aussi parce qu'il se demande s'il y aura du monde. Il a toujours chanté que pour des petites scènes, donc la pression monte !

Au final, on se retrouve dans une salle de taille moyenne, super sombre et... **VIDE** ! Enfin, quasi vide. Il doit y avoir une vingtaine de personnes à tout casser, principalement des mamies et des gosses. Les quelques « jeunes » qui sont là sont clairement des fans venus pour Max. Il faut dire qu'entre les lectures de poèmes et les pièces de théâtre pseudo-comiques mais pas marrantes du tout, on s'ennuie un peu...

Pareil, l'équipe d'organisation c'est que des personnes agées, il n'y a personne pour vraiment animer la soirée. L'avantage c'est que c'est intime et convivial ! Ça y est, c'est au tour de Maxence de monter sur scène. Il a choisi de chanter : « Ma vie est un échec, maman », « Reste fort » et quelques freestyles.

Il commence, je ne le sens pas trop dans le truc. C'est à peine perceptible, je ne pense pas que les autres le voient mais moi je ressens bien qu'il n'est pas à fond. Je dois avouer que ça ne doit pas être facile de chanter avec cette ambiance. Il n'a pas l'habitude de rapper devant des personnes âgées un peu « bourges » qui ne réagissent pas. Surtout que dans son freestyle il y a pas mal de gros mots et d'argot ! Mais au bout de quelques secondes, il est pris par sa chanson et je le trouve juste *PARFAIT !* Les autres filles de mon âge aussi ont apprécié. Dès qu'il a fini, elles lui demandent toutes des photos et autographes.

En ce moment, je suis en stage dans une école à Bihorel. À 16 h 30, je reçois un SMS un peu bizarre de Max :

> Avance un peu… Je suis pas loin

Intriguée, je me précipite vers la sortie et je vois mon *Maxou* avec un gros bouquet de fleurs et un gros sachet de bonbons, il sait que j'adore ça ! Je suis trop touchée par son attention. On est le 14 février, ❤️ *Jour de la Saint-Valentin* ❤️. D'habitude, je m'en fiche un peu de cette date, je trouve même ça débile et commercial comme fête. Mais maintenant que j'ai un amoureux, je trouve ça juste trop mignon !

Déjà 9 mois que nous sommes ensemble, j'ai du mal à y croire. Nous sommes plus liés que jamais. Il m'a fait connaître la véritable définition de l'Amour.
Un petit texte qui exprime tout ce que je ressens :

C'est simple, t'es pas juste mon amour de jeunesse, t'es ma moitié, t'es une partie de ma vie, alors si un jour tout s'écroule, une partie de ma vie s'écroulera donc aussi. Tout ce que je te dis là, ce ne sont que de simples mots. Tu me rends plus heureuse chaque jour, tu sais toujours trouver les bons mots, dans les mauvais moments. Je t'aime à la folie. Je ne t'aime pas comme deux simples amoureux s'aiment, je t'aime comme celui qui partage ma vie et qui la partagera jusqu'à la fin.

Vacances de ski
✳ ✳ ✳ ✳ ✳ ✳ ✳ ✳
avril 2013

Ce sont nos premières vacances ensemble. Avant même d'y être, je suis déjà toute contente !
Une semaine jour et nuit ensemble, c'est le paradis !!! Nous sommes à La Plagne avec 😄 toute la famille de Max, ses parents, sa frangine et ses neveux/nièces. Je m'entends super bien avec tout le monde, tout s'annonce bien !! Sauf que petit coup dur, son père a fait une méga chute dès le premier jour et du coup, il doit rester à l'appart' toute la semaine.
Nos premières vacances ensemble, rien que d'en reparler me donne envie d'y retourner !

Le matin, je me réveille dans ses bras puis on part toute la journée skier, tomber, rigoler... Ensuite, on va se manger une petite crêpe chaude en terrasse rien que tous les deux. *J'adore !!!*

Généralement, on rentre se changer et on repart à la piscine en amoureux. C'est une piscine extérieure avec une vue grandiose sur les montagnes ! Je vis des *moments magiques !*

Concert au Divan du Monde

27 avril 2013

Ma mère doit me déposer chez les parents de Maxence ce matin pour que l'on aille à *Paris... !!!* Max est parti avant avec son frère et quelques potes car il a des répétitions toute la journée. Eh oui, ce soir il chante avec les artistes de la compile « Rap Love » : Jaws, Souf, Odkam..., au Divan du monde. Il est trop content !

Une fois arrivés à Paris, on rejoint sa sœur et ses enfants pour manger ensemble et je pars avec eux faire du shopping ! Autant profiter de l'après-midi ! On passe une journée au top sous le soleil, à manger des glaces et faire les magasins. Avec en prime, une bonne soirée qui s'annonce, je suis d'hyper bonne humeur !!

Le concert commence à 20 heures, mais on a pris de la marge pour être sûrs d'être à l'heure ! Heureusement car on a eu du mal à trouver la salle. Quand on arrive, il y a déjà une longue queue qui attend l'ouverture des portes.

La salle est toute petite mais toute mimi ☺, à l'ancienne avec un balcon qui fait tout le tour. C'est déjà quasi plein et ce coup-ci ce sont que des jeunes.

Le concert débute avec... **MA2X** !!! Il chante « *Un amour de jeunesse* » il me jette des coups d'œil. Ce n'est pas évident pour lui de commencer le concert. C'est son premier « vrai » concert et c'est lui qui débute. C'est à lui de chauffer la salle ! Quelques minutes avant de monter sur scène, il avait la boule au ventre, gros trac. Mais une fois le début de la musique parti, c'est le *MEILLEUR !*

Rien à dire, il chante parfaitement, il est magnifique ! J'applaudis de toutes mes forces, j'ai trop aimé et vu le bruit dans la salle, je ne suis pas la seule ! J'ai toujours les larmes aux yeux quand il chante ce titre, *Notre Histoire !* Ça me fait trop d'émotions, je repense à tout ce qu'on a parcouru ensemble...

Il remonte sur scène en dernier pour chanter « *Rappelle-toi* ». Il vient me chercher dans le public et me demande de venir avec lui en coulisses. Au passage, il fait quelques photos et signe quelques autographes à ses fans.

Une fois en coulisses, il me dit :

« *Viens avec moi tu vas monter sur scène* »...

Il me prend par la main et moi toute timide, je le suis sans rien dire. Je ne sais même pas ce que je vais devoir faire mais j'y vais quand même ! Je m'installe sur une chaise en plein milieu de la scène, Max est en face de moi, les yeux pétillants, il me prend la main et commence à chanter *« Rappelle-toi »*. Il y a des centaines de personnes mais j'ai le sentiment qu'il ne chante que pour moi !

JE L'AIIIIIIIIMEEEE !!!!!!!!!!

Concert à L'Arcade
Notre-Dame de Gravenchon

○○○○○○○○ ○○○○○

14 février 2013

Ce vendredi 14 juin 2013, je finis à 14 heures, alors je me précipite chez moi, l'esthéticienne est déjà là pour me faire mes ongles. Ah ah je suis trop contente, il faut que je sois toute belle pour le concert de mon chéri ! Une fois mes ongles finis, je me coiffe et je cherche une belle tenue pas trop chaude parce qu'il y a un beau soleil.

Ma mère me dépose chez Maxence, on passe chercher son père au club de tennis et hop ! Direction Notre-Dame de Gravenchon. Max fait un autre concert avec les chanteurs de la compile « Rap Love ».

Sur place, il y a déjà la sœur de Maxence avec sa nièce, sa cousine, enfin une bonne partie de sa famille ! La salle est pleine à craquer, c'est hallucinant ! Beaucoup de fans me regardent avec des grands sourires. Je pense que certains suivent mes chroniques sur Internet.

Une fois rentrées dans la salle avec sa nièce, on essaie d'être tout devant.

Beaucoup de rappeurs passent avant lui et soudain le présentateur dit :

« C'est au tour d'un jeune talent qui vient de signer avec la maison de disques Universal. Veuillez accueillir MAZX. »

Et là, ça crie dans tous les sens... *Wahou !!!* J'ai des frissons partout tellement je suis fière de lui. Et puis il commence à chanter *« Rappelle-toi »*, ça se voit que la scène est faite pour lui... Il est carrément à l'aise... Tonnerre d'applaudissements, *« encore MAZX, MAZX, MAZX »*.

Les gens en redemandent donc il revient et chante *« Un amour de jeunesse »*, *« Intouchable »* et des petits freestyles. C'est le gros kiffe, les filles comme les garçons l'adorent ! C'est clairement

LA STAR

Vacances d'été en Vendée

août 2013

Nous sommes en vacances en Vendée pour une semaine jour et nuit 24 heures sur 24 ensemble ! On est descendus avec mes parents pour rejoindre ma grande sœur qui travaille là-bas. Mes parents sont super cool du coup, on peut vraiment faire notre petite vie à deux, sans aucune contrainte. On est carrément coupés du monde car nos téléphones ne captent même pas. Au début, on était trop verts, on s'est dit : « la lose, c'est quoi ce trou perdu ! » Je ne vous dis pas la misère pour alimenter nos pages Facebook. On prépare à l'avance et dès qu'on sort pour se balader, on essaie de choper du réseau pour faire nos posts. Mais, finalement, ça ne nous a pas manqué tant que ça, on s'est bien habitués. Le temps passe tellement vite quand on a *LA* bonne personne à ses côtés. Du coup, les vacances, *TERRRRRIIIIIIIBLE !!!!!!!*

Réveil, pti-déj' vers 14 heures au soleil puis direction la playa !

On a acheté un énorme bateau gonflable, on s'est trop éclatés avec. On y passait tout notre temps. D'ailleurs, à un moment, on s'est même endormis dedans. Quand on s'est réveillés on avait carrément dérivé, on était à perpète. Ç'a été un peu la galère pour revenir, mais on a bien rigolé. On a été obligés de ramer à la main, j'ai cru qu'on n'y arriverait jamais !

Je n'ai pas envie de rentrer ! En plus, au retour, une nouvelle vie nous attend. Ça va être trop dur ! Bon, je vais aller me morfaler une glace et virer ça de ma tête. Il faut que je profite de *mon homme* !

Déménagement de Maxence

▽△▽△▽△▽△▽△▽△▽△▽

septembre 2013

MAXENCE VA HABITER À PARIS !! Oh, j'hallucine ! Encore un nouveau coup du sort. Au retour des vacances, il emménage là-bas avec son frère.

C'est juste un truc de malade ! Je suis vraiment heureuse pour lui. Je savais qu'il réussirait son rêve de devenir chanteur. Mais je ne pensais pas que ça arriverait si vite ! Il s'est débrouillé tout seul pour se faire connaître. À force de travail et de partage de son talent çà et là sur Internet, Maxence a fini par se faire repérer et contacter par une maison de disques. Il a signé chez Universal dans le label Definite Pop.

Maxence, je le suis depuis le tout début et je crois que je suis l'une de ses premières fans. J'adore ses chansons car elles lui ressemblent, elles reflètent tout ce qu'il a de bon chez lui. Il y parle de ses sentiments. Ses textes me touchent et expriment exactement notre histoire. Ses sons évoluent avec lui mais restent toujours aussi sincères. Je suis très fière de lui. Je suis persuadée qu'il aura une belle carrière et un bel avenir. *Je le lui souhaite de tout mon cœur.*

Mais concernant cette nouvelle, même si c'est pour une bonne cause, au fond de moi, je suis **DÉGOÛTÉE...** Je sais que c'est égoïste. Je ne me plains pas car je suis consciente que c'est la chance de sa vie et qu'il doit à tout prix y aller, mais c'est à 1 h 30 de chez moi. Je suis trop jeune pour avoir une voiture alors autant dire que c'est à l'autre bout du monde !! Ça me fait mal de me dire qu'il sera si loin de moi à présent.

Je me rassure en pensant que je le verrai tous les week-ends lorsqu'il rentrera sur Rouen. Et puis, une semaine, ce n'est tout de même pas si long ! Ça passera vite avec les cours. S'il part, c'est pour préparer son album. Je dois donc me montrer forte, le soutenir dans cette aventure. Mais bon... **C'EST DUR...!!**

Le vendredi, je finis les cours tôt, à 15 heures. C'est parfait, comme ça, dès que ça sonne, je me dirige vers la gare pour prendre le train de 16 h 7 direction Paris-Saint Lazare ! J'en ai à peu près pour 1 h 15 de trajet. J'ai déjà mes affaires que je me suis trimballée toute la journée, mais bon, dans une heure, je vois *mon homme* ! Maxence m'attend sur le quai, il me prend dans ses bras, c'est toujours aussi bon de se retrouver. J'ai l'impression qu'on s'est quittés il y a une éternité. Du coup, je vis ça comme des méga- *« retrouvailles »* ! J'ai attendu ça depuis une semaine, parfois deux, alors c'est juste génial !

Ensuite, on se pose pour boire un verre en terrasse, pour parler, se raconter notre petite semaine. Puis on prend le RER pour rentrer chez lui. Une fois arrivés, on se pose au sous-sol dans son studio, il me fait écouter ses nouvelles musiques pour son album. On passe toujours des moments de folie ensemble. Il n'y a pas un moment où je me demande ce que je fais avec lui, il fait mon bonheur chaque jour.

Le lendemain, shopping !!! 😜 Toute la journée on fait les magasins à Chatelet. Max adore les fringues, ça nous fait un bon point en commun. Et les boutiques à Paris, c'est vraiment top !

Parfois, on se pose en terrasse pour boire un petit chocolat chaud. On a toujours quelque chose à se dire, il n'y a jamais de « blanc » entre nous. **LE TEMPS PASSE TROP TROP VITE...** On rentre, on se chamaille, puis cette bagarre qui devient un câlin... Un amour sans fin...

Et dimanche, dernier jour... C'est un peu la déprime, le dimanche, tout est fermé... Puis il n'y a rien à faire alors on reste dans le lit, au chaud, à regarder la télé, à parler et à rigoler. On a une complicité de dingue, toujours de bons délires. Ce n'est peut-être pas un week-end de fou, mais moi, c'est tout ce dont je rêve ! Le bonheur est dans ses bras...

Rupture

Ça fait 3 semaines que je n'ai pas vu Max. Son taf s'est accentué et il bosse souvent pendant les week-ends. Sauf que moi, la semaine, je ne suis pas dispo, j'ai cours. Il vient de m'apprendre que ce week-end non plus il ne pourra pas être là. Sa semaine de studio en Belgique se prolonge. Je l'attends des jours et des jours et au dernier moment, **CHANGEMENT DE PROGRAMME !** Marre de devoir toujours comprendre. OK, ce n'est pas sa faute mais quand même, ça me soûle !

Je me sens incroyablement seule. J'ai le sentiment de ne plus avoir ma place dans son cœur. Je suis frustrée de ne plus partager sa vie, de ne pas connaître les gens avec qui il travaille, de ne même pas pouvoir l'imaginer dans son quotidien. Lui, il évolue vers une nouvelle vie et moi je reste là. Je ne peux rien faire, rien lui reprocher. Je fais de moins en moins partie de son univers. Quand il revient, c'est toujours en speed et on a peu de temps pour nous.

Il doit voir sa famille, et puis ses potes, et puis il est fatigué, et puis, et puis...
Déjà il doit repartir sans que je n'aie eu le temps de profiter de lui. On est en train de s'éloigner. C'est difficile...

On vient encore de se traiter. Je ne sais même plus la raison, comme d'hab'. Je suis clairement la dernière roue du carrosse, je passe tout le temps en dernier. Hier, il est parti en boîte avec ses potes alors qu'on ne s'est pas vus depuis longtemps. Aujourd'hui, il est tout « à morf », il a juste envie de dormir. Super les retrouvailles ! Moi j'ai annulé ma soirée avec Camille, j'ai mis une plombe à me pomponner ce matin pour lui plaire. Je ne vois vraiment pas pourquoi je m'acharne ! Il me manque...

L'impensable finit par se produire :
Maxence et moi, nous ne sommes plus ensemble. Je n'arrive toujours pas à y croire. Cela faisait quelques mois que c'était un peu compliqué mais jamais je n'aurai imaginé qu'on puisse se séparer. Une dispute de plus, une dispute de trop et les terribles mots ont été prononcés :
« JE CROIS QU'ON DEVRAIT SE SÉPARER... »

Je ne sais même pas qui de Max ou de moi a parlé. Mais juste après il y a eu un gros blanc.

Notre colère s'est calmée cash. Oui, je n'y avais jamais pensé mais c'est LA seule solution. Le simple fait de l'écrire me donne envie de pleurer... On a discuté toute la soirée et pour une fois depuis longtemps, on a réussi à bien s'expliquer. Après pas mal de larmes et quelques derniers bisous, on a décidé d'arrêter notre histoire. Je me sens toute vide et un peu angoissée mais aussi soulagée. Je ne pensais pas que deux personnes qui s'aimaient, pouvaient se séparer, et pourtant...

Je l'aime, je l'ai toujours aimé et je sais que malgré notre décision, *je continuerai encore à l'aimer*. Nous devons suivre notre propre route, chacun de notre côté : Maxence doit se concentrer sur sa musique et moi sur mes études.

JE TREMBLE DÉJÀ DE NE PLUS L'AVOIR POUR MOI. On n'a plus suffisamment de temps à partager ensemble. À vouloir continuer à tout prix, on risque de se perdre réellement pour de bon. Je ne veux pas qu'on passe notre temps à se prendre la tête et je sens que je ne supporte pas de l'avoir moins pour moi. Je suis tout le temps en train de lui reprocher qu'on ne passe pas assez de temps ensemble. Il me manque continuellement. Je sais, ça peut paraître idiot de se quitter alors que l'on s'aime, parce qu'il me manque trop... **C'EST TROP BÊTE**... mais si on continue, on va tout gâcher, même notre amitié. J'ai peur qu'on se reproche trop de choses, qu'on dise des mots qui fassent mal sous le coup d'une dispute, etc.

Malgré cette décision, on a décidé de rester de bons amis. Malgré l'amour si fort qui nous lie, l'amitié a repris le dessus. Dieu seul sait, si nous sommes faits l'un pour l'autre. Si la vie, tôt ou tard, décidera de nous réunir à nouveau. Qui sait, si nous nous retrouverons...

Maxence a été *ma plus belle rencontre*. Il a été mes rires, mes larmes, mes plus beaux souvenirs. Il restera le meilleur à mes yeux et quoi qu'il arrive, si un jour il a besoin de moi, je serai là. Je crois fort en lui, fort en nous. Il est ce qu'il y a de meilleur en moi et le restera toujours.

Un amour aussi fort comporte des virgules, jamais de points.

Depuis

Rien ne va plus, je ne supporte pas d'être sans mon *Max* ! Toutes les minutes j'ai envie de lui téléphoner, lui dire qu'on a fait la pire connerie de notre vie et le supplier de revenir auprès de moi. Mais voilà, ce n'est pas possible. Je suis partagée entre la raison et les sentiments. *Ton petit SMS du matin me manque, ton câlin quand tu me vois me manque, tes sourires me manquent. TU ME MANQUES !!!*
Je l'aime comme une folle. Je suis toujours amoureuse de lui et je le resterai sans doute à jamais

Maxence et moi, nous nous revoyons quand il est sur Rouen, on rigole et on se confie toujours autant. Mais c'est difficile de lui faire la bise, de ne pas l'appeler *« mon chaton »*, ou un autre de nos surnoms. On passe de bonnes soirées et journées ensemble mais quand il repart sur Paris, ce « manque » se ré-installe. Je reste seule dans ma chambre à bader. C'est horrible. Le temps passe mais rien n'y fait. Je suis incapable de me projeter dans une nouvelle vie amoureuse. Je sais que notre amour n'est pas éteint et il me tarde de pouvoir le retrouver. **COMBIEN DE TEMPS ALLONS-NOUS DEVOIR ATTENDRE ?** J'ai peur, tant de choses peuvent se passer...

On a passé un an et six mois ensemble en tant que « couple », et bien plus en tant qu'« amis ». J'en suis restée amoureuse, malgré les hauts et les bas. Les sourires, comme les pleurs. Avant lui, je n'avais jamais rien connu, pas une seule histoire d'amour. Et je souhaite vraiment qu'il soit le premier et le dernier homme que mon cœur ait choisi.

Quand je suis avec lui, je me sens bien. Et lorsque je suis dans ses bras, j'oublie absolument tout ce qu'il y a autour. Quand il est mal, je suis mal également. Son absence m'est insupportable. Et chaque seconde, chaque minute passée loin de lui me détruit un peu plus chaque fois. Je suis entièrement amoureuse de lui : de son sourire, de ses beaux yeux, de sa bouille d'ange... J'aime absolument tout chez lui ! Malgré ses défauts, il est *« parfait »* à mes yeux. Aucune idée à propos de ce que l'avenir nous réserve mais je suis certaine que jamais je ne pourrais oublier un amour pareil.

Un amour de jeunesse... Mon amour...

Margot Malmaison, La perfection

« Si un jour on me demandait de décrire Margot je dirais que je la suis sur Facebook, Twitter et Instagram, que je trouve qu'elle a un grand cœur, elle fait partie des gens à qui on veut faire un câlin et plus jamais la lâcher, elle est pire que belle, pire que magnifique, pire qu'une perfection c'est une vendeuse de rêve. La première fois que j'ai lu son histoire avec Maxence et que j'ai écouté la chanson « Rappelle-toi », j'ai adoré tout de suite et j'ai trouvé que dans le clip elle était magnifique. Si un jour je pouvais la voir et prendre une photo avec elle je n'oublierais jamais ce moment-là. Eh oui je suis fan de Margot et je l'assume car son histoire est Magnifique et qu'elle est magnifique tout simplement... ♥*-* »

C'est grâce à vous, grâce à votre soutien et des mots comme ça que j'ai eu envie d'écrire ce livre. Je ne suis pas écrivain, je n'ai pas la prétention de savoir écrire de belles phrases. Mais si jamais, ne serait-ce qu'une seule personne se reconnaît dans notre histoire alors je ne l'aurai pas fait pour rien ! Je vous aime mes amours ! MERCI.

Grâce à vous, ça y est, j'ai enfin sorti mon livre !!! Deux jours avant Noël, pile pour les fêtes ! Ç'a été juste, un peu speed pour tout boucler ; surtout que j'étais en stage, levée 6 h 30, toute la journée enfermée jusqu'à 17 h 30 et je retravaillais mon livre la nuit ! Ça fait des mois et des mois que je suis dessus, que je repousse les délais de sortie pour ajouter des photos, des détails, des finitions, etc., qui prennent la dose de temps.

Mais ça y est, j'ai enfin réussi mon rêve. Je tiens le livre entre mes mains, je suis trop heureuse ! Ça me fait tout drôle de voir mon histoire sous cette couverture. Honnêtement, je suis assez fière de moi, je trouve que ça claque, les dessins, les photos, je suis contente du résultat. Je sais bien que ce n'est pas un livre pro, qu'il y aurait plein de choses à améliorer, mais c'est vraiment *MON* livre, c'est exactement à *MON* image. J'espère qu'il vous plaira... Maintenant que je l'ai fini, j'ai hâte de vous le présenter, mais aussi *J'AI PEUR !* Peur de vous décevoir...

1er jour de sortie de mon livre = 1er du top vente sur Amazon
2e jour de sortie de mon livre = 1er du top vente sur Amazon
3e jour de sortie de mon livre = 1er du top vente sur Amazon
4e jour de sortie de mon livre = 1er du top vente sur Amazon
5e jour de sortie de mon livre = 1er du top vente sur Amazon
6e jour de sortie de mon livre = 1er du top vente sur Amazon
7e jour de sortie de mon livre = 1er du top vente sur Amazon

8e jour de sortie de mon livre = 1er du top vente sur Amazon
9e jour de sortie de mon livre = 1er du top vente sur Amazon
10e jour de sortie de mon livre = 1er du top vente sur Amazon
...

Mon livre est n° 1 des ventes toutes catégories confondues, je n'en reviens pas ! Jamais je n'aurais cru créer un tel buzz, c'est énorme !!! En une journée, on a battu un record monstre ! Mon livre est devant des auteurs très connus.

À la base, j'ai fait ce livre car beaucoup de personnes se reconnaissaient dans mon histoire ; je voulais les inciter à ne jamais rien lâcher et à croire en leur amour. C'était aussi pour remercier tous ceux qui m'ont suivie sur Facebook et me donnent de la force au quotidien. Je me suis lancée dans cette aventure avec l'éditeur JAMCI ; on n'avait pas de gros moyens et on n'avait aucune idée du nombre de ventes qu'il y aurait, alors on a décidé de ne pas prendre de risques, de mettre le livre sur Amazon (qui se chargeait d'imprimer et d'envoyer le livre lorsqu'il y avait une commande). Tout cela est tellement au-delà de nos espérances ! *MERCI* à tous ceux qui m'ont soutenue, qui me soutiennent. Ça me renforce dans l'idée qu'il faut se donner à fond et aller toujours jusqu'au bout de ses projets, que ce soit en amour ou pas ! 😉

Grâce à vous, toujours, et à toutes ces ventes, j'ai commencé à intéresser les plus grandes boîtes d'édition. C'est juste *INCROYABLE !* Tous voulaient mon livre ! On m'a proposé pas mal de contrats, j'étais un peu perdue mais finalement j'ai décidé de faire confiance aux éditions Michel Lafon. Ils reprennent donc mon projet et m'aident à en faire parler et à le mettre en vente dans les librairies. Logiquement, dans peu de temps, en vous promenant le samedi après-midi à la FNAC ou autres centres culturels, vous pourrez trouver mon livre ! *Ha ha ha !*

Grâce à vous, encore et toujours, j'ai eu mes premiers articles et interviews. Moi, Margot, petite lycéenne, et... je suis *EN PHOTO* dans le journal *Metronews* !!!!! L'un des quotidiens les plus diffusés de France, plus de 800 000 journaux distribués ! Je suis aux anges ! Maxence est tombé sur l'article en prenant le métro. Évidemment, dix secondes après, j'avais une photo de l'article et je sautais partout !

Autre truc de malade qui vient de m'arriver : j'ai été invitée par Amazon au Salon du livre de Paris. J'ai bien entendu accepté. J'étais surexcitée de pouvoir enfin partager mon livre avec beaucoup de personnes ! Une fois arrivée sur place, j'ai commencé à avoir un peu le trac parce que j'avais mon stand et des interviews de prévues, etc., sauf que tout ça évidemment c'est tout nouveau pour moi. Je ne suis pas écrivain et je n'avais juste aucune idée de la façon dont tout ce truc allait se passer. Mais ce fut une journée inoubliable. Merci d'avoir été aussi nombreux, j'ai adoré vous rencontrer, vous parler, j'ai hâte de renouveler ce moment.

Mon livre est maintenant disponible dans toute la France et bientôt je pars pour une tournée de dédicaces ! ✒️ 📷 Comme toujours je vous donnerai toutes les infos sur les dates et mon actualité sur ma page Facebook. J'ai hâte de pouvoir vous rencontrer. Je vous aime, encore *MERCI* pour votre soutien, *MERCI* de me faire avancer... *MERCI, MERCI, MERCIIIIII !*

Même si une page se tourne, l'histoire continue toujours, alors retrouvez-nous sur Internet !

Pour accéder directement sur la page de
« L'histoire de Maxence et Margot » :

web

Pour nous suivre sur les réseaux sociaux :

MARGOT

facebook. : sur les pages *L'histoire de Maxence et Margot* et *Un Amour de jeunesse*

twitter : **@MargotMalmaison**

Instagram : **@margot_mal**

snapchat : **@margotmalmaison**

MAXENCE

facebook. : **MA2X Officiel**

twitter : **@MA2X**

Instagram : **@MA2Xmusic**

snapchat : **@MA2Xmusic**

Crédits photos :
P116, 117, 118, 119, 122, 123, 127 : Star création
P137 : Dylan
P139, 144 : Les murs du son
P120, 121, 153, 167 : Kévin C.
Couverture : Kévin C.
Graphisme et illustrations : Éditions Michel Lafon

Remerciements :

À tous les Maxmyzers, tous ceux qui me soutiennent et qui m'ont poussée à écrire ce livre,
À Noémie et Jérôme qui m'ont aidée du début à la fin pour créer ce livre... MON livre !
À ma famille qui a toujours été là pour moi,
Et enfin à Maxence, qui à l'heure actuelle fait mon bonheur...

Imprimé en : Espagne
Dépôt légal : Juin 2015
ISBN : 978-2-7439-2659-9
LAF 2081

CPSIA information can be obtained
at www.ICGtesting.com
Printed in the USA
FSHW011105190819
61188FS